suhrkamp taschenbuch 2589

Wisława Szymborska, geboren 1923, »die Erste unter den Lyrikerinnen Polens« (Julian Przybós), studierte in Krakau, wo sie auch heute lebt, polnische Philologie und Soziologie. 1952 erschien ihr erster Gedichtband. Sie ist Preisträgerin der Stadt Krakau 1955. 1991 erhielt sie den Goethepreis der Stadt Frankfurt am Main, 1995 den Herder-Preis. 1996 wurde sie mit dem Nobelpreis für Literatur ausgezeichnet – »für eine Poesie, die mit ironischer Präzision den historischen und biologischen Zusammenhang in Fragmenten menschlicher Wirklichkeit hervortreten läßt«.

Hundert Freuden enthält eine Auswahl aus ihrem Gesamtwerk von 1945 bis 1986. Ebenfalls im Suhrkamp Verlag sind erschienen: *Salz*. Gedichte (1973), *Deshalb leben wir*. Gedichte (1980) und *Auf Wiedersehn. Bis morgen*. Gedichte (1995).

Wisława Szymborska
Hundert Freuden

Gedichte

Herausgegeben und übertragen von
Karl Dedecius
Mit einem Vorwort von
Elisabeth Borchers
und einem Nachwort von
Jerzy Kwiatkowski

Suhrkamp

Der Band enthält eine autorisierte Auswahl
aus dem Gesamtwerk 1945–1986.

Der Band erschien erstmals 1986 im Rahmen der
von Karl Dedecius herausgegebenen *Polnischen Bibliothek*
im Suhrkamp Verlag.
Umschlagfoto: Krzysztof Pawela

suhrkamp taschenbuch 2589
Erste Auflage 1996

Druck: Nomos Verlagsgesellschaft, Baden-Baden
Printed in Germany
Umschlag nach Entwürfen von
Willy Fleckhaus und Rolf Staudt

7 8 9 10 11 12 – 03 02 01 00 99 98

HUNDERT FREUDEN

Ich bin ein Leser. Ein Leser wie andere auch, für die das Lesen dazugehört. Ich bin begierig, Neues zu erfahren, von dem ich weiß, daß es auch alt sein kann. Ich bin begierig, mich führen und verführen zu lassen, ich möchte mich blenden lassen, nicht vom trügerischen Schein, das versteht sich. Ich bin auch bereit, mich täuschen und enttäuschen zu lassen, um das Ja und Nein in Anspruch zu nehmen. Selbst Gedichte flößen mir keine Furcht ein. Ja, ich halte sie für das Natürlichste der Welt, oder sagen wir besser: des Lebens. Zum episch angelegten Ablauf des Tages gehört der Augenblick, dem man zuruft: Verweile. Er verschafft uns den Einhalt, wie das Schlagen der Uhr. Es gibt alte Uhren, die viertelstundenweise schlagen; sie nehmen die Zeit besonders ernst. Andere lassen sich halbstundenweise hören; wieder andere nur stundenweise. Einschneidend wird es, wenn es zwölf schlägt. Ich erinnere mich an das Bild eines Sommertages: Beim Mittagsläuten nahm der Bauer auf dem Feld den Hut vom Kopf und ging ins Knie. Heute sind die Uhren so angelegt, daß niemand mehr ins Knie gehen kann. So lautlos wie möglich, das Ticken ist aus der Mode gekommen, es macht nervös, davon gehen die Uhren- und Zeitmacher aus. Um jeden Preis soll nicht verraten werden, daß die Zeit vergeht. Und irgendwann ist es dann soweit. Ein gutes Gedicht im besten Sinn ist wie ein Mittagsläuten. Man nimmt, bildlich, versteht sich, den Hut vom Kopf und wacht auf mitten in der Wachheit. Nicht jedes Gedicht kann stark genug sein, um das Läutwerk in Gang zu setzen; und jeder hat sein eigenes Reagieren, weil jeder eine eigene Geschichte hat. So unterscheiden wir uns, also auch beim Lesen, erst recht beim Lesen von Gedichten, beim Betrachten von Bildern, beim Hören von Musik etc. Je genauer etwas mit uns übereinstimmt, eine Übereinstimmung, die wir in diesem Augenblick erfahren, der wir uns *jetzt* erst bewußt werden, weil es sie zuvor nicht gab, um so wesentlicher verweilen wir. Wisława Szymborska gehört zu jenen Seltenen, die verschwenderisch mit uns umgehen. Weil sie das Verschwenderische des Lebens begriffen hat, hat sie sich nicht auf *ein* Lebensgebiet spezialisiert. Sie kennt die Extreme und kennt den Weg von einem zum anderen. Wo immer sie sich befindet, zeigt sie sich ortskundig. Weil sie weiß, wie elend es ist, weiß sie, wie schön es ist; weil sie weiß, wie ernst es ist, weiß sie, wie fröhlich es ist. Weil sie weiß, wie lang und wie kurz der Weg zwischen beidem ist, nimmt sie ihn wahr; jeder Schritt ist wert, eingehalten zu werden, weil sie weiß, daß hinter jedem Ereignis sich ein anderes verbirgt oder sichtbar wird. Man denke nur an die »Mittelalterliche Miniatur«: Welch ein allerliebstes Gemälde, welch ein Gestalten-, Landschafts-, Bewegungs- und Farbengenuß; wie sie daherkommen in ihrer liebreizenden Kleinheit, Gefälligkeit, Harmlosigkeit; wie sie uns erfreuen mit ihren allerunbedenklichsten Adjektiven in der Klarheit eines Morgens aus einer Zeit, die zur Legende geworden ist, zu einem Kunst-Stück, das wir sorglos in die Hand nehmen – bis zu dem Augenblick, da behauptet wird, daß auch das falkenhafteste Auge nicht einmal den klitzekleinsten Galgen erspähe. Das Entsetzen will uns packen, obwohl es den Galgen gar nicht gibt; und wenn es ihn gäbe, könnte er allenfalls, da wir es mit einer Miniatur zu tun haben, schon die Gestalten von miniaturhafter Kleinheit sind, nur klitzeklein sein. Aber unser Mißtrauen ist geweckt, was nun? Hat die Andeutung des Mordgerüstes die Schönheit hingerichtet, oder hält die Schönheit es aus? Von welcher Schönheit aber ist die Rede? Sollte die Schönheit des Gedichts gemeint sein, so wird das, was die Idylle schreckt, ja zunichte macht, das Gedicht nur noch verschönern, weil es den langen kurzen Weg aufzeigt von einem zum anderen, ohne den Anschein zu erwecken, uns auf allerhinterhältigste Weise bis ins Mark kränken zu wollen –

und uns doch bloßstellt, weil wir von selbst nicht darauf gekommen sind, weil wir uns haben täuschen und blenden lassen, um dann, der guten Ordnung halber, enttäuscht zu werden. Und wie es uns kränkt, wenn wir bedenken, daß diese Miniatur eine Zuckerbäckerei geworden wäre, ohne diesen spielzeughaft kleinen Galgen, dessen menschliche und künstlerische Notwendigkeit wir mit einemmal einzusehen beginnen.

Intelligenz, Poesie, Kenntnis, Erfahrung, Können – doch in welcher Reihenfolge und mit welchen Anteilen sind nun die Ingredienzen zu nennen, die die Wirksamkeit ausmachen. Jede drängt an die erste Stelle, um von einer anderen verdrängt zu werden, damit sie alle dem Gedicht gerecht werden, das eins ums andere braucht, um der zu entsprechen, die es gemacht hat. Das ist die Kunst der Wisława Szymborska. Und darum hören wir nicht auf, Leser zu sein. In hundertfältiger Freude.

Elisabeth Borchers

X. KINDER DER ZEIT

Dzieci epoki

1986

Die Schriftsteller und die Dichter – heißt es allgemein.
Die Dichter sind also – keine Schriftsteller, sondern?
Die Dichter sind für die Dichtung. Die Schriftsteller für die
Prosa.
Prosa läßt alles zu, auch Dichtung,
doch Dichtung nichts als Dichtung, heißt es.

Gemäß dem Aushang, der sie anzeigt
mit großem D und Jugendstilgeschnörkel,
schön eingezeichnet in die Saiten einer beschwingten Lyra,
müßt ich den Saal befliegen eher als betreten
und besser barfuß als in diesem Schuhwerk aus der Kleinstadt,
das klopft und knarrt in unbeholfener Vertretung eines Engels.

Wäre mein Kleidchen schleppenhafter wenigstens, länger,
und kämen die Gedichte statt aus meiner Handtasche gleich aus
dem Ärmel,
zum Fest, zum großen Läuten, zur Parade,
vom Bim zum Bam
ab ab ba.

Doch auf dem Podium lauert schon das Tischchen
fast spiritistisch auf vergoldeten Beinchen,
und Kerzen qualmen darauf,
das heißt, ich soll bei Kerzenlicht lesen,
was ich unter der einfachen Birne
tipp tipp auf meiner Schreibmaschine tippte.

Ohne mir rechtzeitig darüber den Kopf zu zerbrechen,
wie diese Dichtung ist,
eine, in der die Prosa ungern gesehen wird,
eine, die in der Prosa gern gesehen wird,

und ob ich darauf Antwort geben kann
vor dem weinroten Vorhang
mit den violetten Fransen?

Zur Geburt eines Kindes
ist die Welt nie fertig.

Noch sind unsre Schiffe nicht aus Winland zurück.
Noch liegt der St. Gotthard-Paß vor uns.
Wir müssen die Wachen täuschen in der Wüste Thor,
uns durchschlagen auf den Kanälen zur Mitte der Stadt,
Zugang finden zum König Harald Wetzstein
und auf den Sturz des Ministers Fouché warten.
In Acapulco erst
beginnt unser neues Leben.

Unser Vorrat an Verbandszeug, Streichhölzern,
Argumenten, Meßstangen und Wasser ist erschöpft.
Uns fehlen Lastwagen und die Unterstützung der Mings.
Mit dieser Mähre ist der Sheriff nicht zu bestechen.
Es gibt keine Nachricht, bis jetzt, über die in die türkische Pein
Verschleppten.
Uns fehlt für die Frostzeit eine wärmere Höhle
und jemand, der die Harare-Sprache beherrscht.

Wir wissen nicht, wem in Ninive zu trauen ist,
welche Bedingungen der Fürst Kardinal uns stellen wird,
wessen Namen Berija noch in der Schublade hat.
Man sagt, Karl Hammer werde im Morgengrauen zuschlagen.
In dieser Lage laßt uns Cheops beschwichtigen,
uns freiwillig melden,
den Glauben wechseln,
so tun, als seien wir Freunde des Dogen
und so, als binde uns nichts an den Stamm Quadawa.

Es wird Zeit, die Feuer anzuzünden.
Ruft die Oma per Telegramm aus Zabierzów herbei.

Löst die Knoten an den Seilen der Jurten.
Die Geburt sei leicht,
und das Kind gedeihe.
Es sei manchmal glücklich
und überspringe die Klüfte.
Sein Herz habe Ausdauer,
und der Verstand sei wachsam und reiche weit.
Doch nicht so weit,
daß er die Zukunft sieht.
Diese Gabe
erspart ihm, himmlische Mächte.

Ein Alltagswunder:
daß es so viele Alltagswunder gibt.

Ein gewöhnliches Wunder:
das Bellen unsichtbarer Hunde in einer stillen Nacht.

Ein Wunder von vielen:
eine kleine und flüchtige Wolke,
aber sie kann den großen und harten Mond verschwinden
lassen.

Mehrere Wunder in einem:
eine Erle, die sich im Wasser spiegelt,
und daß sie von links nach rechts gewendet ist
und daß sie mit der Krone nach unten wächst
und überhaupt nicht bis auf den Grund reicht,
obwohl das Wasser seicht ist.

Ein Wunder an der Tagesordnung:
recht schwache und milde Winde,
doch in der Sturmzeit böig.

Ein erstbestes Wunder:
Kühe sind Kühe.

Ein zweites, nicht geringeres:
dieser und kein anderer Garten
in diesem und keinem anderen Obstkern.

Ein Wunder ohne schwarzen Frack und Zylinder:
ausschwärmende weiße Tauben.

Ein Wunder, denn was sonst:
die Sonne ging heute um drei Uhr vierzehn auf
und sie wird untergehen null Uhr eins.

Ein Wunder, das nicht so verwundert, wie es sollte:
die Hand hat zwar weniger Finger als sechs,
dafür mehr als vier.

Ein Wunder, so weit man schauen kann:
die allgegenwärtige Welt.

Ein beiläufiges Wunder, beiläufig wie alles:
was undenkbar ist – ist denkbar.

Nicht viele haben das dreißigste Jahr erlebt.
Das Alter war ein Privileg der Steine und Bäume.
Die Kindheit dauerte nur ein Welpenalter der Wölfe.
Man mußte sich eilen, zu leben,
bevor die Sonne sank,
bevor der erste Schnee fiel.

Die dreizehnjährigen Kindergebärerinnen,
die vierjährigen Sucher nach Vogelnestern im Schilf,
die zwanzigjährigen Anführer einer Jagd.
Noch gab es sie nicht, schon gibt es sie nicht.
Rasch wuchsen die Enden der Unendlichkeit zusammen.
Die Hexen kauten Beschwörungen mit allen Zähnen der
Jugend.
Der Sohn wurde vor den Augen des Vaters zum Mann,
der Enkel vor Großvaters Augenhöhlen geboren.

Ihre Jahre zählten sie übrigens nicht.
Sie zählten die Netze, Töpfe, Zelte, Beile.
Die Zeit, so freigebig für den beliebigen Stern am Himmel,
streckte ihnen eine fast leere Hand entgegen
und zog sie eilig zurück, als tät es ihr leid.
Noch einen Schritt, noch zwei längs des glitzernden Flusses,
der aus dem Finsteren fließt und der im Finsteren schwindet.

Es gab keinen Augenblick zu verlieren,
keine Fragen zurückzustellen, keine spätere Offenbarung,
falls sie nicht rechtzeitig wahrgenommen wurden.
Die Weisheit konnte nicht warten auf graue Haare.
Sie mußte sehen, bevor etwas klar war,
hören, bevor es tönte.

Das Gute und Böse –
sie wußten wenig davon, aber alles.
Siegte das Böse, dann hielt sich das Gute verborgen.
Kam das Gute zum Vorschein, dann lauerte Böses versteckt.
Das eine wie andere war nicht zu bezwingen,
noch von sich zu weisen in eine unwiederkehrbare Ferne.
Deshalb, wenn Freude, dann mit einem Zusatz von Bange.
Und wenn Verzweiflung, dann nie ohne Hoffnungsschimmer.
Das Leben, sei es auch lang, wird immer kurz sein.
Zu kurz, um ihm etwas hinzuzufügen.

LANDSCHAFT MIT SANDKORN

Wir nennen es Sandkorn.
Es selbst aber nennt sich weder Sand noch Korn.
Es kommt ohne den allgemeinen,
besonderen, vorübergehenden,
ständigen, vermeintlichen
oder eigentlichen Namen aus.

Unsre Blicke, Berührungen bedeuten ihm nichts.
Es fühlt sich weder gesehen noch berührt.
Und daß es aufs Fensterbrett fiel,
ist lediglich unser, nicht sein Abenteuer.
Es gilt ihm so viel, wie herunterzufallen, wohin auch immer,
ohne Gewißheit, ob man schon gefallen ist
oder erst fällt.

Das Fenster öffnet einen herrlichen Ausblick auf den See,
der Ausblick aber kann sich selbst nicht sehen.
Er findet alles farblos, formlos,
lautlos, tonlos
und schmerzlos in dieser Welt.

Grundlos den Seegrund
und uferlos die Ufer.
Weder naß noch trocken das Wasser.
Weder ein- noch mehrzählig die Wellen,
die da rauschen dumpf zu ihrem eigenen Rauschen
rings um die weder kleinen noch großen Steine.

Und all das unter einem Himmel, der von Natur ohne
Himmel ist,
an dem die Sonne untergeht, obwohl sie gar nicht untergeht,
und sich versteckt, ohne sich zu verstecken hinter der
ahnungslosen Wolke.

Der Wind zerzaust sie ohne einen anderen Grund
als nur den einen, daß er weht.

Eine Sekunde vergeht.
Die zweite.
Die dritte.
Aber das sind nur unsere Sekunden.

Die Zeit lief mit einer wichtigen Nachricht vorbei
wie ein Bote.
Aber das sind nur unsere Vergleiche.

Erfunden die Gestalt, eingebildet die Eile,
und unmenschlich die Nachricht.

BEKLEIDUNG

Du legst, wir legen, sie legen ab
die Mäntel, Jacken, Röcke, Blusen
aus Wolle, Baumwolle, Kunststoffaser,
die Unterröcke, Hosen, Jacken, Wäsche,
legen sie hin, hängen sie auf, werfen sie über
die Stuhllehne, einen Flügel der spanischen Wand,
vorläufig, sagt der Arzt, ist's nichts Ernstes,
ziehn Sie sich an, ruhn Sie sich aus, verreisen Sie,
nehmen Sie das im Notfall, vor dem Schlaf, nach dem Essen,
kommen Sie in drei Monaten wieder, in einem Jahr,
    anderthalb,
siehst du, und du hast gedacht, und wir hatten Angst,
und ihr habt vermutet, und er hatte den Verdacht,
nun ist es Zeit, zu knöpfen, zu binden, zu schließen mit immer
    noch zitternden Händen
die Schnürsenkel, Druckknöpfe, Klämmerchen, Ösen,
Gürtel, Krawatten, Kragen
und aus den Ärmeln, den Handtaschen, Taschen
das arg zerknüllte, getupfte, gestreifte, geblümte Halstuch
von plötzlich verlängerter Nützlichkeit wieder herauszuholen.

Was ist zu tun?
Ein Antrag ist einzureichen,
dazu ein Lebenslauf.

Ungeachtet der Länge des Lebens
hat der Lebenslauf kurz zu sein.

Geboten sind Bündigkeit und eine Auswahl von Fakten.
Die Landschaften sind durch Anschriften zu ersetzen,
labile Erinnerungen durch konstante Daten.

Von allen Lieben genügt die eheliche,
nur die geborenen Kinder zählen.

Wichtig ist, wer dich kennt, nicht, wen du kennst.
Reisen, nur die ins Ausland.
Zugehörig wozu, aber ohne weshalb.
Preise, ohne wofür.

Schreibe, als hättest du niemals mit dir gesprochen
und dich von weitem gemieden.

Umgehe mit Schweigen Hunde, Katzen und Vögel,
den Erinnerungskleinkram, Freunde und Träume.

Es gilt der Preis, nicht der Wert,
der Titel, nicht dessen Inhalt,
die Schuhgröße, und nicht wo
der Mensch, für den man dich hält, hingeht.

Dazu eine Fotografie mit entblößtem Ohr.
Wichtig ist seine Form, nicht, was es hört.
Was es hört?
Das Knirschen des Papierwolfs.

KINDER DER ZEIT

Wir sind Kinder der Zeit,
die Zeit ist politisch.

Alle deine, unsere, eure
Tagesgeschäfte, Nachtgeschäfte
sind politisch.

Ob du es willst oder nicht,
die Vergangenheit deiner Gene ist politisch,
die Haut hat politischen Schimmer,
die Augen politischen Aspekt.

Wovon du sprichst, hat Resonanz,
wovon du schweigst, ist beredt,
so oder anders politisch.

Sogar wenn du gehst, im Wald und auf der Heide,
setzt du politische Schritte
auf politischen Boden.

Die apolitischen Verse sind auch politisch,
und oben scheint der Mond,
ein Objekt, nicht mehr lunatisch.
Sein oder nicht sein, das ist die Frage.
Doch welche Frage, Liebling, sage.
Eine politische Frage.

Du mußt nicht einmal ein menschliches Wesen sein,
um politisch bedeutsam zu werden.
Es genügt, du bist Rohöl,
Futtermittel oder Kunststoff.

Oder Konferenztisch, um dessen Form
monatelang gestritten wurde.
Wie hat er zu sein, wenn man über Leben und Tod verhandelt:
rund oder eckig.

Inzwischen fielen Menschen,
krepierten Tiere,
verbrannten Häuser
und verwilderten Felder
wie in den uralten,
nicht gar so politischen Zeiten.

FOLTER

Geändert hat sich nichts;
der Körper ist schmerzempfindlich,
muß essen, atmen und schlafen,
unter der dünnen Haut fließt das Blut,
er hat einen ziemlichen Vorrat an Zähnen und Nägeln,
sein Knochengerüst ist brüchig, die Gelenke sind streckbar.
Das alles wird bei der Folter beachtet.

Geändert hat sich nichts;
der Körper zittert, wie er gezittert hatte
vor der Gründung Roms und nach der Gründung Roms,
im zwanzigsten Säkulum vor, nach Christi Geburt,
die Folter ist, wie sie war, nur die Erde ist kleiner,
und was immer geschieht, ist so, als wäre es gleich nebenan.

Geändert hat sich nichts;
es gibt nur mehr Menschen,
zu den alten Vergehen kamen neue hinzu,
wirkliche, eingeredete, zeitweilige und keine,
aber der Schrei, mit dem der Körper sie büßt,
war, ist und bleibt ein Schrei der Unschuld,
gemäß der ewigen Skala und des Registers.

Geändert hat sich nichts;
außer den Manieren, Zeremonien, Tänzen.
Die Handbewegung derer, die ihren Kopf schützen wollen,
        blieb die gleiche.
Der Körper windet sich, bäumt sich auf, reißt sich los,
knickt in den Knien zusammen, fällt,
wird blau, schwillt an und speichelt und blutet.

Geändert hat sich nichts;
außer dem Wettlauf der Grenzen,

der Linien der Wälder, Gestade, Wüsten und Gletscher.
In diesen Landschaften streunt unsre Seele,
verschwindet, kommt wieder, mal näher, mal ferner,
sich selber fremd, unbegreifbar,
mal sicher, mal unsicher ihres Vorhandenseins,
während der Körper ist und ist und ist
und weiß nicht wohin.

AM HELLICHTEN TAG

Ins Erholungsheim in die Berge würde er fahren,
zum Mittagessen ins Speisezimmer würde er kommen,
diese vier Fichten, Zweig für Zweig,
ohne den Neuschnee auf ihnen abzuschütteln,
würde er von seinem Tisch durchs Fenster betrachten.

Mit dem spitz gestutzten Bart,
etwas kahl, ergraut, mit Brille,
mit rundlich gewordenen, müden Zügen im Gesicht,
mit einer Warze auf der Wange und mit faltiger Stirn,
als hätte den Engelsmarmor menschlicher Lehm beklebt –
und wann das geschah, hätte er selbst nicht gewußt,
weil doch der Preis dafür, daß man nicht früher gestorben ist,
keinesfalls plötzlich, sondern allmählich steigt,
und er würde diesen Preis ebenfalls zahlen müssen.

Vom Ohrknorpel, kaum von der Kugel gestreift
– als sich der Kopf im letzten Augenblick seitlich neigte –
würde er sagen »ich hatte verdammtes Glück«.

Auf die Brühe mit Nudeln wartend,
würde er die neueste Zeitung lesen,
die Kopfzeilen groß, die Anzeigen klein,
oder er würde auf die weiße Tischdecke trommeln,
und seine Hände hätten, seit langem gebraucht,
schrundige Haut mit geschwollenen Adern.

Ab und zu würde jemand von der Schwelle rufen:
»Herr Baczyński, ein Anruf für Sie«,
und das wäre nicht seltsam,
daß es für ihn ist und daß er aufsteht, den Pullover glattzieht
und ohne Eile in Richtung der Tür geht.

Die Gespräche würden bei diesem Anblick nicht
unterbrochen,
mitten in der Handbewegung und mitten im Atemzug würde
niemand erstarren,
weil jeder diesen gewöhnlichen Vorfall, was schade ist, schade,
als einen gewöhnlichen Vorfall betrachten würde.

DAS ERSTE FOTO

Wer ist denn der Süße im Strampelanzug?
Das ist klein Adi, der Sohn der Hitlers.
Vielleicht wird aus ihm ein Doktor der Rechte,
vielleicht ein Tenor an der Wiener Oper?
Wem diese Patschhändchen, Öhrchen, Äuglein, das Näschen, das Hälschen,
das milchgefüllte Bäuchlein einmal gehören werden, ist nicht bekannt.
Vielleicht einem Buchdrucker, einem Kaufmann, Pfarrer, Medizinalrat?
Wo nur die komischen Beinchen einmal hinwandern werden, wohin?
Ins Gärtchen, zur Schule, ins Amt, zur Trauung –
vielleicht mit der Tochter des Bürgermeisters?

Du Bübchen, Engelchen, Sonnenscheinchen, Krümchen.
Als er geboren wurde vor einem Jahr,
fehlten die Zeichen am Himmel und auf der Erde nicht;
Aprilsonne, Pelargonien am Fenster,
Leierkastenmusik im Hof,
die günstige Prophezeiung auf Seidenpapier,
kurz vor der Niederkunft der prophetische Traum der Mutter,
ein Täubchen im Traum zu sehen, bedeutet Gutes,
es fangen – dann steht ein lang erwarteter Gast ins Haus,
klopf, klopf, wer ist da, so klopft das Herzchen von Adi.

Der Schnuller, die Windeln, das Lätzchen, die Rassel.
Der Bub ist, gottlob und unberufen, gesund.
Er ähnelt den Eltern, dem Kätzchen im Korb,
den Kindern aus andren Familienalben.
Na na, wer wird denn gleich weinen, gut so,
der Herr Fotograf unterm schwarzen Tuch macht klick.

Klingersches Atelier an der Grabenstraße, Braunau.
Braunau ist eine nicht allzu große, ruhige Stadt.
Solide Firmen, biedere Nachbarn,
Geruch von Hefeteig, Kernseife und so fort.
Kein Hundegeheul, keine Schicksalsschritte.
Der Lehrer für Weltgeschichte lockert den Kragen
und beugt sich gähnend über die Schülerhefte.

DAS ENDE EINES JAHRHUNDERTS

Es hatte besser sein sollen als die vergangenen,
unser 20. Jahrhundert.
Ihm bleibt keine Zeit, das zu beweisen,
gezählt sind die Jahre,
es schwankt der Schritt,
der Atem geht kurz.

Zu viel ist geschehen,
was nicht hat geschehen sollen,
und was hat kommen sollen,
kam leider nicht.

Es ging auf den Frühling zu, hieß es,
und, unter andrem, aufs Glück.

Die Angst hatte Berge und Täler verlassen sollen.
Die Wahrheit hat schneller am Ziel
sein sollen als alle Lügen.

Einige Unglücksfälle
sollten nicht mehr geschehen,
zum Beispiel Krieg,
Hunger und so.

Die Wehrlosigkeit der Wehrlosen,
das Vertrauen und so weiter
sollten Achtung genießen.

Wer an der Welt seine Freude hat haben wollen,
steht vor der Aufgabe,
die nicht zu erfüllen ist.

Die Dummheit ist gar nicht zum Lachen,
die Klugheit ist gar nicht lustig.
Die Hoffnung ist nicht mehr das kleine Mädchen
et cetera, cetera, leider.

Gott sollte endlich glauben dürfen
an einen Menschen, der gut ist und stark,
aber der Gute und Starke
sind immer noch zweierlei Menschen.

Wie leben? – fragte im Brief
mich jemand, den ich dasselbe
hab' fragen wollen.

Weiter und so wie immer,
wie oben zu sehen, es gibt keine Fragen,
die dringlicher wären als die naiven.

IX. ÜBERFLUSS
Nadmiar
1980

ÜBERFLUSS

Ein neuer Stern ist entdeckt,
was nicht bedeutet, es wäre heller geworden
und etwas, was fehlte, wäre hinzugekommen.

Der Stern ist groß und fern,
so fern, daß wiederum klein,
kleiner sogar als die andern,
die noch viel kleiner sind.
Verwunderung wäre hier nicht verwunderlich,
hätten wir dafür Zeit.

Das Alter des Sterns, die Masse des Sterns, die Lage des Sterns,
das alles reicht womöglich zu einer Doktorarbeit
und für ein bescheidenes Gläschen Wein
in dem Himmel nahestehenden Kreisen –
dem Astronom, seiner Frau, den Verwandten und den
Kollegen –
ohne Kleiderzwang, bei aufgelockerter Stimmung.
Lokale Themen beherrschen die Konversation,
und Erdnüsse werden geknabbert.

Der Stern ist herrlich,
aber das ist noch kein Grund,
aufs Wohl der uns unvergleichlich näherstehenden Damen
nicht anzustoßen.

Ein Stern ohne Konsequenz.
Ohne Einfluß aufs Wetter, die Mode, das Spielergebnis,
aufs Einkommen, den Regierungswechsel, die Krise der
Werte.

Ohne Folgen für die Propaganda, die Schwerindustrie.
Ohne Abbild auf der Politur am Konferenztisch.
Überzählig für die gezählten Tage.

Wozu hier fragen,
unter wie vielen Sternen der Mensch geboren werde,
unter wie vielen Sternen er etwas später sterbe?

Ein neuer.
»Zeige mir wenigstens, wo er ist.«
»Zwischen dem Rand dieses grauen ausgefransten Wölkchens
und jenem Akazienzweig, weiter links, ja dort.«
Ich sage »Aha«.

HEIMLICHKEITEN MIT DEN TOTEN

Bei welcher Gelegenheit träumst du von den Toten?
Denkst du an sie, bevor du einschläfst, oft?
Wer erscheint dir als erster?
Immer derselbe?
Vorname? Name? Sterbedatum? Friedhof?

Worauf berufen sie sich?
Die alte Bekanntschaft? Verwandtschaft? Heimat?
Sagen, woher sie kommen?
Wer steht dahinter?
Und wem außer dir erscheinen sie noch im Traum?

Ob ihre Gesichter dem Lichtbild ähneln?
Sind sie im Laufe der Jahre gealtert?
Rüstig? Verhärmt?
Hatten die Wunden der Hingerichteten Zeit zu vernarben?
Erinnern sie sich, wer ihnen das Leben raubte?

Was halten sie in der Hand – beschreib die Dinge.
Vermodert? Verrostet? Verkohlt? Morsch?
Was steht in den Augen – Drohung? Bitte? Welche?
Reden sie miteinander nur vom Wetter?
Von Vögeln? Blumen? Von Schmetterlingen?

Stellen sie Fragen, besorgniserregende etwa?
Was antwortest du ihnen dann?
Anstatt mit Umsicht zu schweigen?

Das Thema verlegen zu wechseln?
Rechtzeitig aufzuwachen?

ERSTARRUNG

Miss Duncan, die Tänzerin,
das Wölkchen, der kleine Zephir,
der Mondschein auf einer Welle, die Schwingung,
der Hauch eines Atems.

Wenn sie so dasteht im Lichtbilderatelier,
körperlich der Musik, der Bewegung entzogen,
der Pose zum Fraß vorgeworfen,
zum falschen Zeugnis bestellt.

Die dicklichen Arme über den Kopf erhoben,
das Knäuel der Knie unter der kurzen Tunika frei,
der linke Fuß vorgesetzt, die Ferse nackt, die Zehen,
5 Fußnägel (wörtlich fünf).

Ein Schritt aus der ewigen Kunst in die künstliche
Ewigkeit, ja –
es fällt mir schwer, zu meinen, der Schritt sei besser als nichts
und richtiger als überhaupt nicht.

Hinter dem Paravent liegt das rosa Korsett, das Täschchen,
im Handtäschchen das Billett für die Dampferpassage,
die Abfahrt ist morgen, das heißt vor sechzig Jahren,
dann also niemals; doch pünktlich um neun in der Frühe.

VIII. DIE GROSSE ZAHL

Wielka liczba

1976

DIE GROSSE ZAHL

Vier Milliarden Menschen auf dieser Erde,
und meine Vorstellungskraft ist, wie sie immer war.
Sie tut sich schwer mit den großen Zahlen.
Noch rührt sie die Einzelheit ständig.
Sie flattert im Dunkel wie das Laternenlicht,
enthüllt nur die ersten Gesichter am Rande,
während der Rest in Verblendung gleitet,
ins Undenkbare, ins Unbedauern.
Aber selbst Dante hätte dies nicht aufgehalten.
Geschweige denn einer, der er nicht ist.
Und stünden mir alle Musen auch bei.

Non omnis moriar – verfrühte Betrübnis.
Lebe ich aber ganz, und ist das genug?
Es war nie genug, um so weniger jetzt.
Ich wähle, indem ich verwerfe, es gibt keine andere Art,
doch was ich verwerfe, ist zahlreicher,
dichter, bedrängender mehr denn je.
Auf Kosten des unbeschriebnen Verlusts – da ein Gedichtchen,
ein Seufzer.

Den lauten Ruf beantworte ich mit Geflüster.
Wieviel ich verschweige, sage ich nicht.
Maus am Fuße des Mutterberges.
Das Leben dauert wenige Krallenzeichen im Sand.

Meine Träume – selbst die sind nicht so, wie es sich gehörte,
bevölkert.
Mehr als Menschenmenge und Lärm erfüllt sie das Alleinsein.
Da kommt ein längst Verstorbener für ein Weilchen vorbei.
Da drückt eine einzelne Hand die Klinke.

Nebenbauten des Echos umwachsen das leere Haus.
Ich lauf' von der Schwelle ins Tal,
das stille, als sei es ein Niemandstal, anachronistisch bereits.

Wo kommt diese Weite in mir noch her –
ich weiß nicht.

DANKSAGUNG

Vieles verdanke ich denen,
die ich nicht liebe.

Erleichterung, mit der ich hinnehme,
sie stehen anderen näher.

Freude, nicht ich bin
der Wolf ihrer Lämmer.

Ich habe Frieden mit ihnen
und Freiheit mit ihnen,
das aber könnte die Liebe
mir weder geben noch nehmen.

So warte ich nicht auf sie
zwischen Fenster und Tür.
Geduldig,
fast wie die Sonnenuhr,
weiß ich, was Liebe
nicht weiß,
verzeihe, was die Liebe
niemals verziehe.

Vom Stelldichein bis zum Brief
verfließt keine Ewigkeit,
nur eben Tage und Wochen.

Die Reisen mit ihnen gelingen immer,
Konzerte werden erlebt,
Kirchen besichtigt,
Landschaften deutlich.

Trennen uns
sieben Berge und Flüsse,
dann sind es Berge und Flüsse,
uns von der Karte vertraut.

Es ist ihr Verdienst,
wenn ich in drei Dimensionen lebe,
nicht im rhetorischen, nicht im lyrischen Raum,
mit einem echten, denn beweglichen Horizont.

Sie wissen es selbst nicht,
wieviel sie in ihren leeren Händen tragen.

»Ich schulde ihnen gar nichts« –
würde die Liebe sagen
zu diesem offenen Thema.

PSALM

Wie undicht sind doch die Grenzen menschlicher Staaten!
Wie viele Wolken schwimmen straflos darüber hinweg,
wieviel vom Sand der Wüsten rieselt von Land zu Land,
wie viele Bergsteine rollen auf fremden Besitz in
frechem Gehüpf!

Muß ich hier Vogel für Vogel aufzählen, wie er fliegt
oder wie er sich setzt soeben auf den gesenkten Schlagbaum?
Und wäre es gar ein Spatz – schon ist sein Schwänzchen
drüben,
sein Schnabel aber noch hüben. Und obendrein – wie er
zappelt!

Von ungezählten Insekten erwähne ich nur die Ameise,
die zwischen dem linken und rechten Schuh des
Grenzschutzpostens
auf dessen Frage: woher, wohin – sich zu keiner Antwort
bequemt.

Oh, diese ganze Ordnungswidrigkeit auf einmal
auf allen Kontinenten!
Schmuggelt da nicht vom anderen Ufer die Rainweide
das hunderttausendste Blatt über den Fluß?
Wer sonst als der Tintenfisch, langarmig, dreist,
verletzt die heilige Zone der Hoheitsgewässer?

Kann überhaupt von Ordnung gesprochen werden,
wo man nicht einmal die Sterne ausbreiten kann,
damit man weiß, wem welcher leuchtet?

Und dann das tadelnswerte Sich-Breitmachen dieses Nebels!
Das Stauben der Steppe in alle Weite,
als wäre sie nicht in der Mitte geteilt!

Und das Widerhallen der Stimmen auf willigen Wellen
der Luft:
des Lock-Gepiepses und des bedeutsamen Glucksens!

Nur das, was menschlich ist, kann wahrhaft fremd sein.
Der Rest ist Mischwald, Maulwurfsarbeit, Wind.

Angeblich sah ich zurück aus Neugier.
Außer der Neugier hätt ich auch andere Gründe haben
können.
Ich sah zurück, weil mir die Silberschale leid tat.
Versehentlich – als ich den Riemen festband an der Sandale.
Um nicht noch länger in den gerechten Nacken Lots,
meines Mannes, zu blicken.
Aus plötzlicher Überzeugung, er hielte nicht einmal an,
wenn ich stürbe.
Aus Ungehorsam der Demutsvollen.
Lauschend auf die Verfolger.
Gerührt von der Stille, hoffend, Gott habe seinen Beschluß
geändert.
Unsere beiden Töchter verschwanden hinter der Hügelkuppe
bereits.
Ich spürte das Alter in mir. Die Entfernung.
Die Schläfrigkeit. Leere des Wanderns.
Ich sah zurück, als ich das Bündel zu Boden legte.
Ich sah zurück vor Angst, wohin die Schritte lenken.
Schlangen kreuzten den Weg,
Spinnen, Feldmäuse, Geierkücken.
Weder Gutes noch Böses – einfach alles, was lebte,
kroch und hüpfte in Massenpanik.
Weil ich verlassen mir vorkam, sah ich zurück.
Aus Scham, ich hätte zu eilig die Flucht ergriffen.
Aus Lust, jetzt aufzuschreien, umzukehren.
Oder erst dann, als der Wind
meine Haare löste und das Kleid mir nach oben blies.
Ich meinte, man sehe es von den Mauern Sodoms,
und lache schallend, einmal, ein zweites.
Ich sah zurück im Zorn.
Um mich zu weiden an ihrem großen Verderben.
Ich sah zurück aus allen obengenannten Gründen.

Ich sah zurück ohne eigenen Willen.
Nur der Fels drehte sich unter mir knarrend.
Ein Erdspalt schnitt mir plötzlich den Weg ab.
Ein Hamster trippelte, auf zwei Pfötchen gereckt, am Rande.
Und da sahn wir beide zurück.
Nein, nein. Ich lief weiter,
ich robbte und flog hinauf,
bis vom Himmel die Dunkelheit einbrach
und mit ihr der heiße Kies und die toten Vögel.
Aus Atemnot drehte ich mehrmals mich um.
Wer das hätte sehen können, meinte vielleicht, daß ich tanze.
Nicht ausgeschlossen, daß ich die Augen geöffnet hatte.
Möglich, daß mein Gesicht, als ich hinfiel, zur Stadt zurücksah.

VON OBEN BETRACHTET

Ein toter Käfer liegt auf dem Feldweg,
drei Beinpaare sorgfältig auf dem Bauch gekreuzt.
Statt Todeswirrnis – Sauberkeit und Ordnung.
Das Grauen dieses Anblicks ist gemäßigt,
die Reichweite streng lokal von der Quecke zur Minze.
Die Trauer teilt sich nicht mit.
Der Himmel ist blau.

Unserem Frieden zuliebe sterben die Tiere nicht,
sie krepieren sozusagen den seichteren Tod,
verlieren – wir wollen es glauben – weniger Welt und Gefühl,
verlassen – so will uns scheinen – eine weniger tragische
        Bühne.
Ihre fügsamen Seelen schrecken uns nicht in der Nacht,
sie wahren Distanz,
kennen die *mores*.

Und so denn glitzert der tote Käfer am Weg,
unbeweint, der Sonne entgegen.
Es genügt, an ihn für die Dauer eines Blicks zu denken:
er liegt, als wäre ihm nichts von Bedeutung passiert.
Bedeutung betrifft angeblich nur uns.
Nur unser Leben, nur unseren Tod,
den Tod, der erzwungenen Vorrang genießt.

In einem Kurzfilm vor einem Hauptfilm,
in dem die Schauspieler taten, was sie nur konnten,
mich zu ergreifen, sogar zum Lachen zu bringen,
zeigte man ein interessantes Experiment
mit einem Kopf.

Der Kopf
gehörte soeben noch zu –
nun war er getrennt,
jeder konnte es sehen, ihm fehlte der Rumpf.
Vom Nacken hingen die Röhrchen des Apparats,
durch den das Blut weiterhin kreisen konnte.
Der Kopf
war wohlauf.

Ohne ein Zeichen von Schmerz, nicht einmal Verwunderung
folgte er mit dem Blick der Bewegung des Lämpchens.
Spitzte die Ohren, wenn's klingelte.
Er unterschied mit feuchter Schnauze den Speckgeruch
vom geruchlosen Nichts
und ließ, sich mit deutlichem Wohlgefallen das Maul leckend,
den Speichel rollen zum Ruhme der Physiologie.

Treuer Hundekopf,
braver Hundekopf,
als man ihn streichelte, blinzelte er
im Glauben, er sei nach wie vor ein Teil einer Ganzheit,
die unter Kosungen ihren Rücken krümmt,
mit dem Schwanze wedelt.

Ich dachte ans Glück und verspürte Angst.
Denn ginge es im Leben nur darum,
war dieser Kopf ja
glücklich.

Die Bombe krepiert in der Bar um dreizehn zwanzig.
Jetzt ist erst dreizehn sechzehn.
Einige schaffen es noch, das Lokal zu betreten.
Andere, es zu verlassen.

Der Terrorist ist bereits auf der anderen Straßenseite.
Diese Entfernung schützt ihn vor allem Übel,
und die Sicht ist genau wie im Kino:

Die Frau im gelben Jäckchen, sie geht rein.
Der Mann mit der dunklen Brille, er kommt raus.
Die Jungen in Jeans, sie unterhalten sich.
Dreizehn siebzehn und vier Sekunden.
Der Kleinere, der hat Glück und besteigt den Roller,
der Größere, der geht rein.

Dreizehn siebzehn und vierzig Sekunden.
Ein Mädchen, es kommt mit grünem Band im Haar.
Nur daß der Bus es plötzlich verdeckt.
Dreizehn achtzehn.
Das Mädchen ist weg.
Ob es so dumm war, reinzugehen, oder auch nicht,
das wird sich später zeigen, wenn die Leichen herausgetragen
werden.

Dreizehn neunzehn.
Niemand geht rein.
Dafür kommt ein Dicker mit Glatze heraus.
Doch so, als suche er etwas in seinen Taschen, und
geht zehn Sekunden vor dreizehn zwanzig
zurück, seinen elenden Handschuh zu holen.

Es ist dreizehn zwanzig.
Wie sie sich schleppt, die Zeit.
Wohl jetzt.
Noch nicht.
Ja, jetzt.
Die Bombe krepiert.

MITTELALTERLICHE MINIATUR

Über den allergrünsten Hügel,
im allerberittensten Gefolge,
in allerseidigsten Mänteln.

Zur Burg der sieben Türme,
von denen jeder allerhöchst ist.

Allen voran der Fürst,
aufs schmeichelhafteste unbeleibt,
neben dem Fürsten Frau Fürstin,
wunderbar jung, allerjüngst.

Dahinter ein paar Hofdamen,
wahrlich wie gemalt,
dazu ein allerknabenhaftester Page
und auf dem Arm des Pagen
etwas höchst Affiges mit
allerlustigstem Schnäuzchen
und Schwänzchen.

Dahinter gleich drei Ritter,
und jeder verdoppelt, verdreifacht,
und schaut der eine keck,
dann blickt der andere drall,
sitzt einer auf braunem Roß,
dann aber, Verehrtester, auf dem allallerbraunsten,
und alle reiten, als streiften sie mit den Hüflein
die allerfeldweghaftesten Tausendschönchen.

Wer aber traurig und geplagt ist,
ein Loch im Ärmel, ein Schielauge hat,
der ist hier am allerdeutlichsten nicht zu sehen.

Kein allereinzigstes der Probleme,
ob bürgerlich oder bäuerisch,
ist unter dem allerblauesten Himmel zu sehen.

Nicht einmal den klitzekleinsten Galgen
erspäht das falkenhafteste Auge,
nicht eine Spur vom Schatten des Zweifels.

So ziehn sie denn goldigst dahin
in diesem hochfeudalsten Realismus.

Derselbe hatte immerhin für das Gleichgewicht gesorgt:
die Hölle hielt er auf einem anderen Bildchen parat.
Oh, das verstand sich von
allerselbst.

LOB DER SCHWESTER

Meine Schwester schreibt keine Gedichte
und wird wohl nicht plötzlich Gedichte zu schreiben
beginnen.
Sie hat's von der Mutter, die keine Gedichte schrieb,
und auch vom Vater, der keine Gedichte schrieb.
Unter dem Dach meiner Schwester fühle ich mich gesichert:
der Mann meiner Schwester schriebe um nichts in der Welt
Gedichte.
Und klingt es auch wie ein Gedicht von A. Mazedonski,
niemand von meinen Verwandten schreibt Gedichte.

In den Schubladen meiner Schwester gibt's keine
alten Gedichte,
in ihrer Handtasche keine frisch geschriebnen Gedichte.
Und lädt meine Schwester zum Mittagessen ein,
dann nicht um Gedichte vorzulesen, das weiß ich.
Ihre Suppen sind vorzüglich ohne Hintergedanken,
und der Kaffee tropft niemals auf Manuskripte.

In vielen Familien schreibt niemand Gedichte,
und wenn – dann kaum eine Person allein.
Manchmal fließt Poesie mit Geschlechterkaskaden daher,
was in Gefühlsbeziehungen schlimmen Wirbel verursacht.

Meine Schwester pflegt eine rechte mündliche Prosa,
die Urlaubskarten sind ihre ganze Schriftstellerei,
darin sie jedes Jahr dasselbe verspricht:
sie werde nach ihrer Rückkehr
alles, alles,
alles erzählen.

EINSIEDELEI

Ich dachte, der Einsiedler wohne in einer Wüste,
aber er wohnt im Häuschen mit Garten
im lustigen Birkenwäldchen,
zehn Minuten von der Chaussee,
am markierten Pfad.

Du mußt nicht heimlich nach ihm von weitem durchs
Fernglas spähen,
du kannst ihn ganz nahe sehen, hören,
wie er einer Exkursion aus Wieliczka geduldig erklärt,
warum er die strenge Einsamkeit wählte.

Er trägt eine graubraune Kutte,
hat einen langen Graubart,
rosige Wangen
und blaue Augen.
Er erstarrt vor dem Rosenstrauch
für ein Farbfoto gern.

Stanley Kowalik aus Chicago schießt gerade.
Er verspricht, einen Abzug zu schicken.

Inzwischen trägt sich die wortkarge Oma aus Bydgoszcz,
die niemand, außer den Inkassanten, besucht,
ins Gästebuch ein:
Gott sei gelobt,
daß Er im Leben
mich einen echten Einsiedler sehen ließ.
Die Jugend trägt sich mit dem Messer in die Baumrinde ein:
Spiritualsi 75 Treffpunkt unten.

Nur was ist mit Bari los, wo steckt denn Bari?
Bari liegt unter der Bank und mimt einen Wolf.

FRAUENBILDNIS

Sie hat auswählbar zu sein.
Sich zu verändern, damit sich ja nichts verändert.
Das ist sehr leicht, unmöglich, schwer, es lohnt den Versuch.
Ihre Augen sind, wenn es sein muß, mal blau, mal grau,
dann schwarz, lustig, grundlos mit Tränen gefüllt.
Sie schläft mit ihm wie die erstbeste, die einzige auf der Welt.
Sie wird ihm vier Kinder gebären, keine Kinder, eins.
Naiv, doch sie rät am besten.
Schwach, aber sie erträgt es.
Fehlt ihr ein Kopf auf dem Nacken, dann besorgt sie sich einen.
Ihre Lektüre sind Jaspers und Frauenjournale.
Sie weiß nicht, wozu dieses Schräubchen gut ist, aber sie
baut eine Brücke.
Jung, wie üblich jung, noch immer jung.
Sie hält einen Spatz mit gebrochenem Flügel in Händen,
eigenes Geld für die weite und lange Reise,
das Hackmesser, die Kompressen, ein Gläschen Klaren.
Wo rennt sie so hin, ist sie nicht müde?
Doch nein, ein wenig, ziemlich, es macht nichts.
Entweder sie liebt ihn oder sie trotzt.
Zum Gut, zum Ungut, zum Gotterbarm.

REZENSION EINES NICHT GESCHRIEBENEN GEDICHTS

Gleich zu Beginn
stellt die Autorin fest, daß die Erde klein ist,
der Himmel dagegen übertrieben groß,
und Sterne, ich zitiere: »gibt es dort mehr als genug«.

In der Beschreibung des Himmels scheint die Autorin
etwas ratlos,
verloren im furchtbaren Weltraum,
befremdet ob der Starrheit der vielen Planeten,
und deshalb regt sich in ihrem (wir fügen hinzu: ungenauen)
Verstand
bald die Frage,
ob wir nicht doch die einzigen seien
unter der Sonne, ja unter allen Sonnen der Welt?

Trotz der Wahrscheinlichkeitsrechnung!
Der weltweiten Überzeugung!
Trotz der unschlagbaren Beweise, die uns in Kürze
geliefert werden könnten! Ach, Poesie.

Inzwischen kehrt die Prophetin zur Erde zurück,
zum Planeten, der möglicherweise »ohne Zeugen rollt«,
zur einzigen »Science fiction, die sich der Kosmos leistet«.
Pascals Verzweiflung (1623-1662, Anm. d. R.),
meint die Autorin, sei konkurrenzlos
auf jeder Art Andromeda oder Kassiopeia.

Ausschließlichkeit übertreibt und verpflichtet,
die Frage taucht auf, wie leben et cetera,
denn »dieses werde die Leere für uns nicht entscheiden«.
»Mein Gott, ruft der Mensch zu Sich Selbst,
erbarme dich meiner, erleuchte . . .«

Es quält die Autorin, ans leicht vergeudete Leben zu denken,
als sei dessen Vorrat endlos.
An Kriege, die – wie sie beharrlich behauptet –
immer auf beiden Seiten verloren werden.
An das »Bestaaten« (sic!) der Menschen durch Menschen.
Moralische Absicht durchschimmert das Werk.
(Bei einer minder naiven Feder blitzte sie möglicherweise
heller.)

Leider, je nun. Diese im Grunde riskante These
(ob wir nicht doch die einzigen seien
unter der Sonne, ja unter allen Sonnen der Welt)
und ihre stilistisch lässige Unterbreitung
(Gemisch von Gespreiztheit und Straßenjargon)
bewirken, daß man sich fragt: wer glaubt schon daran?
Sicherlich niemand. Eben.

Leben im Handumdrehen.
Aufführung ohne Probe.
Körper ohne Bewährung.
Schädel ohne Bedacht.

Ich kenne die Rolle, die ich spiele, nicht.
Ich weiß nur, sie ist unauswechselbar, mein.

Was das Stück soll,
werde ich erst auf der Bühne erraten.

Dürftig gerüstet für den Ruhm des Lebens,
ertrage ich das mir aufgezwungene Tempo der Handlung
mit Mühe.
Ich improvisiere, obwohl mich das Improvisieren ekelt.
Ich stolpre auf Schritt und Tritt über die Sachunkenntnis.
Mein Sosein riecht nach Provinz.
Meine Instinkte sind Dilettantismus.
Das Lampenfieber, das mich rechtfertigt, demütigt
um so mehr.
Die mildernden Umstände finde ich grausam.

Nicht rücknehmbar sind die Worte und Gesten,
die Sterne nicht zählbar,
und der Charakter, wie ein Mantel, im Laufen
zu Ende geknöpft –
das sind die kläglichen Folgen der Eile.

Übte man wenigstens rechtzeitig einen Mittwoch
oder man wiederholte wenigstens einen Donnerstag!
Aber schon naht der Freitag mit dem mir fremden Szenario
Ist das in Ordnung – frag ich
(mit heiserer Stimme,
denn nicht einmal hüsteln durfte ich hinter den Kulissen)?

Es täuscht der Gedanke, die Prüfung sei beiläufig nur,
im provisorischen Raum zu bestehen. Nein.
Ich steh vor den Dekorationen und seh, wie solide sie sind.
Die Präzision verschiedener Requisiten fällt auf.
Der Drehmechanismus funktioniert seit geraumer Zeit.
Sogar die entferntesten Nebel sind angezündet.
Kein Zweifel, es ist Premiere.
Und was ich auch tue,
verwandelt sich ein für alle Male in das, was ich tat.

Insel, auf der sich alles klärt.

Hier steht man auf dem Boden der Beweise.

Hier gibt es keine anderen Wege außer dem Weg des Zugangs.

Die Sträucher sind brechend voll Antwort.

Hier wächst der Baum der Richtigen Aussicht
mit den für ewig entworrenen Zweigen.

Der blendend einfache Baum der Einsicht
am Quell, genannt Ach So Ist Das Also.

Je tiefer waldeinwärts, um so breiter liegt
das Tal der Selbstverständlichkeit offen.

Und gibt's einen Zweifel, dann
wird er vom Winde verweht.

Das Echo meldet sich ungerufen
und klärt die Weltgeheimnisse willig.

Rechts ist die Höhle, dort lagert der Sinn.

Links liegt der See der Tiefen Überzeugung.
Vom Boden löst sich die Wahrheit und schwimmt mühelos
nach oben.

Über das Tal erhebt sich die Unbeugsame Gewißheit.
Von ihrem Gipfel breitet sich aus der Sinn der Dinge.

Die Insel ist leer, allen Reizen zum Trotz,
die an den Ufern sichtbaren kleinen Spuren

von Füßen führen ausnahmslos hin zum Meer.
Als ginge man hier nur fort
und tauchte in den Fluten unter ohne Rückkehr.

In Wirklichkeit gar nicht zu fassen.

Bewundernswert ist die Zahl Pi
drei Komma eins vier eins.
Auch alle Folgeziffern sind nur Anfang,
fünf neun zwei, weil sie nie ein Ende findet.
Sie läßt sich nicht einfangen *sechs fünf drei fünf* mit einem Blick,
acht neun mit einer Berechnung
sieben neun mit der Phantasie,
sogar *drei zwei drei acht* mit einem Scherz, das heißt
Vergleich
vier sechs mit irgend etwas
zwei sechs vier drei in der Welt.
Die längste Schlange der Erde reißt nach ein paar Metern ab.
Ähnlich, zwar etwas später, tun's die Fabelschlangen.
Der Zug der Ziffern, aus denen die Zahl Pi besteht,
hält nicht am Rande des Zettels an,
er zieht sich über den Tisch hinaus, durch die Lüfte,
durch Mauern, Blätter, Vogelnester, Wolken, stracks
zum Himmel,
durch alle Aufgeblasenheit und Bodenlosigkeit des Himmels.
O wie kurz, wie mauskurz ist der Kometenschweif!
Wie schwach der Strahl des Sterns, daß er sich krümmt im
erstbesten Raum!
Und hier *zwei drei fünfzehn dreihundert neunzehn*
meine Fernsprechnummer deine Kragenweite
das Jahr eintausendneunhundertdreiundsiebzig sechster Stock
Einwohnerzahl fünfundsechzig Groschen
der Hüftumfang zwei Finger Scharade und Chiffre,
in welcher *mein Nachtigallchen, flieg und sing*
ebenso *bitte Ruhe bewahren*
oder *Himmel und Erde vergehn*,
nicht die Zahl Pi allerdings, oh, nein, die nicht,
sie hat noch ihre gar nicht üble *fünf*,
nicht beliebige *acht*,

nicht letzte *sieben*,
wenn sie, ach, wenn sie die träge Ewigkeit antreibt
zum Dauern.

AM STYX

Das ist, mein Einzelseelchen, der Fluß Styx,
sieh, Seelchen, hin und staune.
Aus Lautsprechern dröhnt Charons Baß-Posaune,
die unsichtbare Hand der aus einem irdischen Wald
verscheuchten Nix'
(alle arbeiten hier schon länger)
will dich ans Ufer drängen.
Du siehst in dem grellen Scheinwerferlicht jedes Detail
vom eisenbetonverkleideten Kai
und Hunderte von Motorbooten statt des Kahns
aus dem vor Jahrhunderten morschgewordenen Holz.
Das sind die Folgen des menschlichen Fortpflanzungswahns,
mein Seelchen, mein Stolz.
Mit großem Nachteil für die Paysage
türmen sich über dem Wasser Etage auf Etage.
Die kollisionslose Seelenüberfahrt
(Millionen Passagiere Jahr für Jahr)
wäre undenkbar
ohne die Lagerhäuser, Büros und Docks aller Art.
Hermes, mein farbenprächtiges Seelchen,
muß Jahre im voraus planen,
wo welche Kriege drohen, welche Tyrannen,
und danach den Bootsbedarf berechnen.
Ans andere Ufer gelangst du gratis,
nur aus Sympathie für die antike Mythe
stehen hier beschriftete Sparbüchsen pietatis:
»Nur Münzen, keine Knöpfe, bitte.«
Du steigst ins Boot Tau dreißig ein, in dem Revier
Strich Sigma vier.
Du kommst noch unter in dem Mief der andren Seelen,
wie die Notwendigkeit und der Computer es befehlen.
Im Tartarus siehst du das Großgedränge wachsen;
für diesen Andrang aber fehlt ihm Tiefe.

Es gibt Bewegungsmangel, Kleiderknitterfalten,
kaum einen Tropfen noch in Lethes Kapsel.
Mein Seelchen, nur die nichts vom Jenseits halten,
haben die weitere Perspektive.

VII. ALLE FÄLLE
Wszelki wypadek
1972

ALLE FÄLLE

Es hätte geschehen können.
Es hat geschehen müssen.
Es war schon früher geschehen. Später.
Näher. Ferner.
Es ist nicht dir geschehen.

Du überlebtest, denn du bist der erste gewesen.
Du überlebtest, denn du bist der letzte gewesen.
Weil selbst. Weil die andern.
Weil nach links. Weil nach rechts.
Weil Regen fiel. Weil Schatten fielen.
Weil die Sonne schien.

Zum Glück gab's den Wald.
Zum Glück keine Bäume.
Zum Glück das Gleis, den Haken, den Balken, die Bremse,
die Nische, die Kurve, den Millimeter, eine Sekunde.
Zum Glück schwamm ein Strohhalm im Wasser.

Infolge, deswegen, dennoch, trotzdem.
Was wär', wenn die Hand, das Bein,
einen Schritt, eines Haares Breite
vom Zufall.

Du bist also da? Stracks aus dem eben noch durchlässigen
Moment?
Das Netz hatte eine Masche, und du durch diese Masche?
Ich kann nicht genug darüber staunen und schweigen.
Höre,
wie schnell mir dein Herz schlägt.

Für mich ist der wichtigste in einer Tragödie der
sechste Aufzug:
die Auferstehung vom Schlachtfeld der Bühne,
das Zupfen an den Perücken, Gewändern,
das Ziehen des Dolchs aus der Brust,
das Lösen der Schlinge vom Hals,
das Einreihen zwischen die Lebenden
mit dem Gesicht zum Parkett.

Die Verbeugungen, einzeln, gemeinsam:
die weiße Hand auf der Wunde des Herzens,
die Knickse der Selbstmörderin,
das Nicken geköpfter Häupter.

Die Verbeugungen paarweise:
der Zorn Arm in Arm mit der Sanftmut,
das Opfer blickt seinem Henker selig ins Auge,
Rebell und Tyrann schreiten friedlich nebeneinander.

Das Zertreten der Ewigkeit mit der Spitze des goldnen
Pantoffels.
Das Fortfegen der Moral mit der Krempe des Hutes.
Die unverbesserliche Bereitschaft, morgen alles zu
wiederholen.

Der Einzug im Gänsemarsch der früher Verstorbnen,
im zweiten, im vierten Akt, auch zwischen den Akten.
Die wunderbare Rückkehr der spurlos Verschollnen.

Zu denken, daß sie geduldig hinter Kulissen warteten,
immer noch kostümiert,
ohne sich abzuschminken,
rührt mich stärker als alle Tiraden des Dramas.

Wahrhaft erhaben ist erst das Fallen des Vorhangs
und was man danach durch den unteren Spalt zu sehen
    bekommt:
da hebt eine Hand die Blume eilig vom Boden,
dort eine andre das liegengelassene Schwert.
Erst dann erfüllt eine unsichtbare dritte
ihre Verpflichtung:
sie schnürt mir die Kehle.

Kaum bewegst du den Fuß, schon sprießen wie aus dem Boden
die Aboringier, Marcus Emilius.

Mitten in die Rutuler watet deine Ferse.
In die Sabiner, Latiner versinkst du bis an die Knie.
Bis an die Hüfte, den Hals, die Nasenlöcher bereits
stehn dir die Äquer und Volsker, Lucius Fabius.

Es gibt verdrießlich viele von diesen kleinen Völkern,
zum Überdruß und Erbrechen, Quintus Decius.

Hier eine Stadt, da die zweite, die hundertsiebzigste Stadt.
Der Widerstand der Fidenaten. Der Unwille der Falisker.
Die Blindheit der Ecaetraner. Das Zögern der Antemnaten.
Die Schlaffheit der Labikaner, Peligner, die uns beleidigt.
Das ist es, was hinter jedem neuen Hügel uns,
die wir gutmütig sind, zur Strenge zwingt, Gajus Claelius.

Wenn sie uns wenigstens nicht behinderten, aber sie tun es,
diese Aurunker, Marser, Spurius Manlius.
Von hier und dort die Tarquinier, von überallher die Etrusker.
Außerdem die Volsiner. Überdies die Vejinter.
Wider den Sinn die Aulerker. Item die Sappianaten.
Das überschreitet die menschliche Langmut, Sextus Oppius.

Die kleinen Völker haben einen kleinen Verstand.
Immer weitere Kreise zieht der Stumpfsinn um uns.
Tadelnswerte Bräuche. Rückständige Gesetze.
Wirkungslose Götter, Titus Vilius.

Haufenweise Herniker, Schwärme von Murricinern.
Zahlreich wie die Insekten sind die Vestiner, Samniten.
Je weiter, um so mehr, mein Servius Folius.

Bedauernswert sind die kleinen Völker.
Ihr Leichtsinn verlangt hinter jedem neuen Fluß
nach Aufsicht, Aulus Janius.

Ich fühle mich arg bedroht von jeglichem Horizont.
So sehe ich das Problem, mein Hostius Melius.

Drauf sage ich, Hostius Melius, dir, mein Appius Papius:
Vorwärts. Irgendwo schließlich ist die Welt zu Ende.

Wir lesen die Briefe der Toten wie ratlose Götter,
immerhin Götter, weil wir die späteren Daten kennen.
Wir wissen, welches Geld nicht wiedergegeben wurde.
Wissen auch, wen die Witwen in Eile geheiratet haben.
Arme, verblendete Tote,
fehlbare, hintergangene, linkisch betriebsame Tote.
Wir sehn hinter ihren Rücken die Fratzen und Zeichen
der andern.
Wir hören, wie die zerrissenen Testamente rascheln.
Sie sitzen lächerlich vor uns wie auf belegten Broten,
oder sie jagen die ihnen vom Kopf gerissenen Hüte.
Ihr schlechter Geschmack, Napoleon, Dampf und elektrischer
Strom,
die tödlichen Kuren gegen die heilbaren Leiden,
die törichte Apokalypse nach Sankt Johannes,
der falsche Himmel auf Erden, nach Johannes Jakob . . .
Schweigend beobachten wir auf dem Schachbrett ihre
Figuren,
nur jetzt um drei Felder weiter.
Alles, was sie voraussahen, kam ganz anders
oder ein wenig anders, das heißt genauso ganz anders.
Die Eifrigsten blicken vertrauensselig uns in die Augen,
vergessen, daß sie darin die Vollkommenheit schauen werden.

WERBEPROSPEKT

Ich bin die Beruhigungstablette.
Ich wirke zu Hause,
habe Erfolg im Amt,
setze mich zum Examen,
stelle mich der Verhandlung,
klebe exakt die zerschlagenen Krüge zusammen.
Nimm mich nur ein,
laß mich zergehen unter der Zunge,
schluck mich nur runter,
spüle mit Wasser nach.

Ich weiß, wie dem Unglück begegnen,
die schlechte Nachricht ertragen,
die Ungerechtigkeit mindern,
das Nichtvorhandensein Gottes erklären,
den kleidsamen Trauerhut wählen.
Was zögerst du noch –
vertraue dem chemischen Mitleid.

Noch bist du jung,
du solltest dich einrichten, denn
wer sagte,
man müsse das Leben tapfer durchleben?

Gib deinen Abgrund her –
ich polstere ihn mit Schlaf,
du wirst mir dankbar sein
für die vier Pfoten des Fallens.

Verkaufe mir deine Seele:
Andere Käufer gibt's nicht.

Andere Teufel auch nicht.

Der Herr Professor war dreimal gestorben bereits.
Das erste Mal ließ man ihn seinen Kopf bewegen.
Das zweite Mal sich setzen.
Das dritte Mal – stellte man ihn sogar auf die Beine,
gestützt auf die dicke gesunde Amme:
Jetzt gehn wir ein wenig spazieren.

Das Hirn nach dem Unfall war arg beschädigt,
doch bitte, es ist wie ein Wunder, wie viele Schwierigkeiten
es überwunden hat:
Links rechts, hell dunkel, Baum, Gras, schmerzt, essen.

Wieviel ist zwei und zwei, Professor?
Zwei – sagt der Professor.
Die Antwort ist besser als die zuvor.

Es schmerzt, Gras, sitzen, Bank.
Am Ende dieser Allee wartet sie, alt wie die Welt,
die nicht leutselige, auch nicht rosige,
dreimal von hier verjagte,
angeblich wirkliche Amme.

Der Herr Professor möchte zu ihr.
Wieder reißt er sich los.

DAS MASSENFOTO

Auf dem Massenfoto
ist mein Kopf der siebte vom Rand,
vielleicht der vierte von links
oder der zehnte von unten;

mein Kopf, wer weiß, der wievielte,
nicht mehr der eine, der einzige,
ähnlich den ähnlichen schon,
weder weiblich noch männlich;

die Kennzeichen, die er mir gibt,
sind keine besonderen Zeichen;

mag sein, daß der ZEITGEIST ihn sieht,
aber er sieht ihn nicht an;

meinen statistischen Kopf,
der Stahl und Kabel verbraucht,
äußerst gelassen, pauschal;

er schämt sich nicht, daß er beliebig,
verzweifelt nicht, daß er vertauschbar;

als hätt' ich ihn überhaupt nicht
auf meine Art und besonders;

als läge ein Friedhof frei
voll namenloser, ziemlich
gut erhaltener Schädel;
trotz aller Sterblichkeitsquoten;

als läge er dort bereits,
mein fremder, summarischer Kopf;

der, wenn er je sich erinnert,
dann nur an die tiefe Zukunft.

HEIMKEHR

Er kam zurück. Sagte nichts.
Klar, daß er Ärger hatte.
Legte sich hin in Kleidern.
Verbarg den Kopf in der Decke.
Zog seine Knie an.
Er ist etwa vierzig, doch nicht in diesem Moment.
Er ist – aber nur soviel wie damals im Mutterleib,
hinter den sieben Häuten, im schützenden Dunkel.
Morgen wird er den Vortrag halten über Homöostase
in der metagalaktischen Kosmonautik.
Vorläufig liegt er zusammengerollt
und schläft.

ENTDECKUNG

Ich glaube an die große Entdeckung.
Ich glaube an den Menschen, der die Entdeckung macht.
Ich glaube an die Angst des Menschen, der die Entdeckung
macht.

Ich glaube an die Blässe seines Gesichts,
an seinen Brechreiz, den kalten Schweiß auf der Lippe.

Ich glaube an das Verbrennen der Niederschriften,
an ihr Verbrennen zu Asche,
zur letzten.

Ich glaube an das Verschütten der Zahlen,
ein reuloses Verschütten.

Ich glaube an die Eile des Menschen,
an die Genauigkeit seiner Bewegung,
an seinen unbezwungenen Willen.

Ich glaube an das Zerschlagen der Tafeln,
an das Vergießen der Flüssigkeiten,
an das Erlöschen der Flamme.

Ich meine, daß das gelingen wird
und daß es dann nicht zu spät sein wird
und daß sich die Sache ganz ohne Zeugen abspielen wird.

Niemand wird es erfahren, ich bin dessen sicher,
weder die Ehefrau noch die Wand,
der Vogel nicht, denn er könnte es sonst verpfeifen.

Ich glaube an die verweigerte Hand,
ich glaube an die verpfuschte Karriere,

ich glaube an die vertane Arbeit von vielen Jahren.
Ich glaube an das ins Grab genommene Geheimnis.

Mir kreisen diese Worte über den Regeln.
Sie suchen keine Stütze bei den Exempeln.
Mein Glaube ist fest, blind und ohne Begründung.

VERFOLGUNG

Ich weiß, mich erwartet Stille, und doch.
Kein Jubel, keine Fanfaren, kein Beifall, und doch.
Kein Warngeläut, keine Angst, selbst die nicht.

Ich rechne nicht einmal mit einem dürren Blatt,
geschweige mit Silberpalästen und Gärten,
würdigen Greisen, gerechten Gesetzen,
mit Weisheit in Kugeln aus purem Kristall, und doch.

Ich verstehe, daß ich nicht deshalb über den Mond geh',
um Ringe, verlorene Bänder zu suchen.
Sie nehmen beizeiten alles mit.

Nichts, was bezeugen könnte, daß.
Unrat, Abfälle, Kram, Beschriebenes, Krumen,
Splitter, Späne, Scherben, Brocken, Gerümpel.

Ich, natürlich, bücke mich nur nach dem Steinchen,
dem ich nicht ablesen werde, wohin sie gegangen sind.
Sie zogen es vor, mir keine Zeichen zu hinterlassen.
Ihre Kunst, die Spur zu verwischen, ist unvergleichlich.

Seit Urzeiten kenne ich ihr Talent, zur rechten Zeit
zu verschwinden;
göttlich ist ihre Unfaßbarkeit, an den Hörnern, am Schweif,
am Saum des Gewandes, das sich im Abflug aufbläht.
Kein Härchen wird ihnen je gekrümmt meinetwegen.

Überall sind sie um einen Gedanken listiger als ich selbst,
stets einen Schritt mir voraus, bevor ich es schaffe,
den Mühen des Vorrangs spöttisch preisgegeben.

Sie sind nicht vorhanden, waren nie da, und doch
muß ich es ständig mir wiederholen,
bemüht kein Kind zu sein, dem es schiene.

Und das, was plötzlich mir vor den Füßen davonsprang,
es sprang nicht sehr weit, weil es zertreten stürzte,
auch wenn es immer noch zuckt
und bleibendes Schweigen verbreitet,
es ist ein Schatten – zu sehr mein eigner, als daß ich am
Ziel mich wähnte.

ANSPRACHE IM FUNDBÜRO

Ich verlor ein paar Göttinnen unterwegs von Süd nach Nord,
und ebenso viele Götter unterwegs von Ost nach West.
Einige Sterne – Himmel, tritt auseinander – sind mir für
immer erloschen.
Die eine, die andere Insel versank mir im Meer.
Ich weiß nicht einmal genau, wo ich die Krallen ließ
und wer mein Fell jetzt trägt, in meiner Schale wohnt.
Als ich an Land kroch, starben meine Geschwister,
den Jahrestag feiert in mir ein kleiner Knorpel allein.
Ich sprang aus der Haut, verschwendete Wirbel und Beine,
verlor meine Sinne sehr oft.
Ich drückte vor all dem längst mein drittes Auge zu,
winkte ab mit der Flosse, zuckte mit den Zweigen.

Vertan, verloren, in alle vier Winde verweht.
Ich staune selbst über mich, wie wenig von mir noch besteht:
Die Einzelperson vorläufig menschlicher Gattung,
die gestern nur ihren Schirm in der Trambahn verloren hatte.

VERWUNDERUNG

Wieso in der allzu einen Person?
Der und nicht andren? Was tu' ich hier schon?
Am Tag, der ein Dienstag? Im Haus, nicht Nest?
In Häuten statt Schuppen? Gesicht statt Blatt?
Nur einmal persönlich? Und immer statt?
Just hier auf der Erde? Bei Ost und West?
Seit so vielen Ären abwesend arg?
Für alle Zeiten, ob's schneit, ob's brennt?
Für jedes Ferment und das Firmament?
Gerade jetzt? Und auf Knochen und Mark?
Allein hier bei mir und mit mir? Wie denn?
Nicht nebenan oder meilenweit weg,
nicht gestern und nicht vor Jahrhunderten
sitze und blick' ich ins leere Eck
– so wie das Etwas mit knurrendem Schlund,
das plötzlich dort aufhorcht, genannt der Hund?

GEBURTSTAG

Soviel Welt auf einmal aus so vielen Welten:
Moränen, Muränen und Meere und Mähren,
Karfunkel und Funken und Bären und Beeren –
wo stell ich das hin und wie soll ich mich wehren?
Die Minze und Pilze, die Drosseln und Brassen,
die Dillen und Grillen – wie soll ich das fassen?
Die Schönchen und Tränchen, Gorillas, Berylle –
ich danke, mich überfordert die Fülle.
Wohin mit der Pracht, mit den Kletten und Kressen,
Pantoffeln und Panthern, den Nüssen und Nässen?
Wohin mit dem Fink, wo das Silber verstecken,
was tu ich im Ernst mit den Mücken und Schnecken?
Das Dioxyd ist teuer, ich passe,
und der Achtfüßer erst oder die Assel!
Auch ohne ein Preisschild ahn' ich die Preise
der Sterne, nein, danke, ich kann's mir nicht leisten.
Mir ist dieser Aufwand zu groß, zu erlesen.
Wie wird damit fertig ein irdisches Wesen?
Ich bin hier ja nur eine winzige Weile:
versäume das meiste, von weitem, in Eile.
Bin unfähig, alles mit nichts zu vergleichen.
Verliere auf meiner Reise das Veilchen.
Ich kanns' mir nicht leisten, wie ich mich auch mühte,
den Umstand des Halms, des Blatts und der Blüte,
nur einmal im Raum, seit niemals, tatsächlich,
verächtlich genau und erhaben zerbrechlich.

Seit kurzem ist der Meister unter uns.
Er lauert deshalb aus allen Ecken.
Bedeckt das Gesicht mit den Händen und blickt durch
den Spalt.
Steht mit der Stirn zur Wand, dann dreht er sich plötzlich um.

Der Meister weist den absurden Gedanken befremdet zurück,
der Tisch, aus dem Auge gelassen, müsse pausenlos Tisch sein,
der Stuhl hinterm Rücken beharre in den Grenzen des Stuhls,
ohne den kleinsten Versuch, die Gelegenheit wahrzunehmen.

Das stimmt, es ist schwer, die Welt bei der Andersartigkeit
zu ertappen,
der Apfelbaum kehrt vor das Fenster zurück, bevor wir ihn sehn.
Die Regenbogenspatzen dunkeln rechtzeitig nach.
Das Ohr der Wand schnappt alle Geräusche auf.
Der Nachtschrank täuscht den Gleichmut des Tagschranks
vor.
Die Schublade sucht den Meister zu überzeugen,
sie enthalte nur das, was man früher in sie hineintat.
Sogar im Märchenbuch, plötzlich aufgeschlagen,
schafft die Prinzessin es immer, im Bild sich zu setzen.

Sie ahnen in mir den Ankömmling – seufzt der Meister –
sie nehmen den Fremden nicht auf zum gemeinsamen Spiel.

Denn sollte alles, was existiert,
nur auf eine Art existieren,
in schrecklicher Lage, denn ohne Ausweg aus sich,
ohne Veränderung und ohne Pause? Im demutsvollen
Von-bis?
Die Fliege am Fänger der Fliege? Die Maus in der Falle der
Maus?

Der Hund, nie losgelassen von der heimlichen Kette?
Das Feuer, das sich zu nichts anderem aufraffen kann,
als nur des Meisters Finger zum zweiten Mal zu verbrennen?
Ist das die eigentliche, die endgültige Welt:
verstreuter Reichtum, nicht einzusammeln,
nutzloser Prunk, die verbotene Chance?

Nein – schreit der Meister und stampft mit so vielen Füßen,
so viele er hat – in so großer Verzweiflung,
daß selbst sechs Käferbeine dafür nicht ausreichen würden.

Du bist schön – sag' ich zum Leben –
mehr noch wär' nicht auszudenken,
lurchiger und lerchenhafter,
ameisiger, samenvoller.

Ich versuch', ihm zu gefallen,
augendienerisch zu schmeicheln.
Immer grüß' ich es als erste,
mit Ergebenheit im Ausdruck.

Quere seinen Weg zur Linken,
quere seinen Weg zur Rechten,
fliege hoch vor Enthusiasmus,
falle tief vor Ehrerbietung.

Wie sehr Heu ist dieses Pferdchen,
wie sehr Wald ist diese Beere –
niemals hätt' ich's wahrgenommen,
wär' ich nicht zur Welt gekommen!

Es gibt nichts – sag' ich zum Leben –
was mit dir vergleichbar wäre.
Niemand machte besser oder
schlechter einen zweiten Zapfen.

Lobe die Erfindungsgabe,
Großmut, Schwungkraft und Exaktheit,
außerdem – und was ansonsten –
Wunderwerke, Zaubereien.

Seit gut hunderttausend Jahren
mach ich ihm den Hof und lächle;
um es ja nicht zu verletzen,
zu erzürnen, zu entfesseln.

Zerr am Blattsaum dieses Lebens:
Bleibt es stehn? Kann es mich hören?
Wird es einmal, eine Weile
nur vergessen – wo es hinführt?

Ein paar Handvoll Erde, und das Leben ist vergessen.
Befreit ist die Musik von den Begleitumständen.
Verstummt des Meisters Hüsteln über den Menuetten.
Und gerissen sind die Umschläge aus Brei.
Das Feuer verdaut die Perücke samt Läusen und Staub.
Fort sind die Tintenflecke von der Spitzenmanschette.
Zum Abfall wandern Pantoffeln, lästige Zeugen.
Die Geige eignet sich an der unbegabteste Schüler.
Fleischerrechnungen tauchen zwischen den Noten auf.
In Mäusebäuchen landen die Briefe der armen Mutter.
Die glücklose Liebe vergeht.
Das Auge hört auf zu tränen.
Das blaßrote Band kann die Tochter des Nachbarn brauchen.
Die Zeiten sind, Gott sei Dank, noch nicht romantisch.
Alles, was kein Quartett ist,
wird als fünftes verworfen.
Alles, was kein Quintett ist,
wird als sechstes gelöscht.
Alles, was nicht ein Chor ist, einer von vierzig Engeln,
verhallt als Hundegebell, als das Glucksen des Gendarmen.
Entfernt wird vom Fenster der Blumentopf mit der Aloe,
der Teller mit Fliegengift, das Döschen mit der Pomade,
und frei wird der Blick – aber ja! – der Blick in den Garten,
einen Garten, den es hier niemals gegeben hatte.
Und nun hört zu, ihr Sterblichen, hört gut zu,
spitzt eure Ohren und staunt,
ihr eifrigen, staunenden, sterblichen Lauscher, hört,
hört – nur gut zu – ganz Ohr –

Im Traum
male ich wie Vermeer van Delft.

Ich spreche fließend Griechisch,
nicht nur mit Zeitgenossen.

Fahre ein Auto,
das mir gehorcht.

Bin begabt,
schreibe große Gedichte.

Höre Stimmen,
wie die heiligen Väter, nicht minder.

Ihr würdet staunen
über die Herrlichkeit meines Klavierspiels.

Ich fliege so, wie es recht ist,
also aus mir heraus.

Fallend vom Dach,
falle ich weich ins Grüne.

Es macht mir nichts aus,
unter Wasser zu atmen.

Ich beklage mich nicht:
ich habe Atlantis entdeckt.

Es freut mich, daß ich sterbend
immer wieder erwache.

Gleich nach dem Ausbruch des Krieges
dreh' ich mich um, auf die bessere Seite.

Ich bin, doch ich muß es nicht sein,
ein Kind der Epoche.

Vor einigen Jahren
sah ich zwei Sonnen.

Und vorgestern einen Pinguin.
Vollkommen deutlich.

GLÜCKLICHE LIEBE

Glückliche Liebe. Ist das normal
und ernstzunehmen und nützlich –
was hat die Welt von zwei Menschen,
die diese Welt nicht sehen?

Zu sich erhoben ohne jedes Verdienst,
die ersten besten von einer Million, allerdings überzeugt,
es habe so kommen müssen – als Preis wofür? Für nichts.

Von nirgendwoher fällt Licht –
weshalb gerade auf die und nicht andre?
Beleidigt es nicht die Gerechtigkeit? Ja.
Verletzt es nicht alle sorgsam gehäuften Prinzipien,
stürzt die Moral nicht vom Gipfel? Verletzt und stürzt.

Seht euch die Glücklichen an:
Wenn sie sich wenigstens verstellten,
Niedergeschlagenheit spielten, damit die Freunde auf ihre
Kosten kämen!
Hört, wie sie lachen – schimpflich.
Mit welcher Zunge sie sprechen – scheinbar verständlich.
Und diese ihre Zeremonien, Ziererereien,
die findigen Pflichten gegeneinander –
es ist wie eine Verschwörung hinter dem Rücken der
Menschheit!

Es läßt sich schwerlich voraussehen, was daraus würde,
wenn sich ihr Beispiel nachahmen ließe.
Worauf Religion und Dichtung noch bauen könnten,
was hielte man fest, was ließe man sein,
wer bliebe noch gern im Kreis?

Glückliche Liebe. Muß das denn sein?
Takt und Vernunft gebieten, sie zu verschweigen
wie einen Skandal der gehobenen Kreise des LEBENS.
Prächtige Babies werden ohne ihr Zutun geboren.
Sie könnte die Erde, da sie so selten vorkommt,
niemals bevölkern.

So mögen alle, denen die glückliche Liebe fremd ist,
behaupten, es gebe sie nicht.

Mit diesem Glauben leben und sterben sie leichter.

DAS NICHTS

Das Nichts hat sich umgenichtet, auch für mich.
Es drehte sich tatsächlich auf die andere Seite.
Wo bin ich nur hingeraten –
Kopf und Fuß in Planeten,
unbegreiflich, daß ich einmal nicht da sein konnte.

O du mein hier Getroffener, Liebgewonnener hier,
ich ahne die Hand auf deinem Arm, nur leise,
wieviel uns Leere zusteht auf der anderen Seite,
wieviel dort Stille fällt auf eine Grille hier,
wieviel dort Wiese fehlt dem Sauerampferblatt hier,
die Sonne aber ist nach dem Dunkel wie Schadenersatz
im Tropfen Tau – für diese dort sehr tiefen Dürren!

Gestirnt aufs Geratewohl! Die Hiesigen umgekehrt!
Weitgestreckt über Schrägen, Schwere, Rauheit, Bewegung!
Ein Spalt im Unendlichen für den grenzenlosen Himmel!
Erleichterung nach dem Unraum in Form einer
schwankenden Birke!

Jetzt oder nie bewegt der Wind eine Wolke,
denn Wind ist eben das, was dort nicht weht.
Und für den Umstand des langen Wartens aufs kurze Leben
betritt der Käfer den Pfad im dunklen Anzug des Zeugen.

Für mich hat sich's so ergeben, daß ich bei dir bin.
Und wirklich, ich sehe darin gar nichts
Gewöhnliches.

Ich bitte den Zufall um Vergebung, daß ich ihn
Notwendigkeit nenne.
Ich bitte die Notwendigkeit um Vergebung, wenn ich
mich dennoch irre.
Das Glück zürne mir nicht, halte ich es für das meine.
Die Verstorbenen sehen mir nach, daß ich kaum noch
an sie denke.
Die Zeit verzeih mir die Fülle der übersehenen Welt
pro Sekunde.
Alte Liebe, vergib, halt' ich die neue für die erste.
Vergebung, ihr fernen Kriege, wenn ich Blumen nach Hause
trage.
Vergebung, ihr offenen Wunden, daß ich mich in den
Finger steche.
Ihr Rufer vom Abgrund, verzeiht mir die Schallplatte mit
dem Menuett.
Ihr Menschen am Bahnhof, verzeiht meinen Schlaf um
fünf Uhr am Morgen.
Gehetzte Hoffnung, vergib, daß ich zuweilen auch lache.
Ihr Wüsten, vergebt, wenn ich mit dem Löffel Wasser
nicht eile.
Und du, seit Jahren derselbe, in immer demselben Käfig
und immer denselben Punkt reglos anstarrend, Habicht,
vergib mir, und wärst du auch nur ein ausgestopfter Vogel.
Verzeih mir, gefällter Baum, die vier toten Tischbeine, bitte.
Verzeih mir, du große Frage, die viele kleinliche Antwort.
Wahrheit, beachte mich nicht allzu genau.
Ernst, erweise mir Großmut.
Geheimnis des Seins, ertrag's, daß ich Fäden aus deiner Nänie
zupfe.
Seele, klag mich nicht an, daß ich dich selten besitze.
Alles mag mir verzeihn, daß ich nicht überall sein kann.
Alle mögen verzeihn, daß ich nicht jedermann bin.

Ich weiß, nichts spricht mich frei, solange ich lebe,
ich stehe mir nämlich selber im Wege.
Nimm mir nicht übel, Sprache, daß ich pathetische Worte
entlehne
und mir dann Mühe gebe, sie leicht erscheinen zu lassen.

VI. HUNDERT FREUDEN

Sto pociech

1967

FREUDE AM SCHREIBEN

Wohin läuft die geschriebene Ricke durch den geschriebenen
Wald?
Etwa um vom geschriebenen Wasser zu trinken,
das ihr Geäse widerspiegelt wie Blaupapier?
Warum hebt sie den Kopf, ob sie was wittert?
Gestützt auf die vier der Wahrheit entliehenen Läufe,
spitzt sie die Lauscher in meinen Fingern.
Stille – auch diese Vokabel raschelt auf dem Papier
und streift
die vom Wörtchen »Wald« verursachten Zweige.
Über dem weißen Blatt lauern sprungbereit
die Buchstaben, die sich womöglich schlecht einfügen werden,
belagernde Sätze,
ohne Hoffnung auf Rettung.
Der Tropfen Tinte hat einen ziemlichen Vorrat
an Jägern mit Späheraugen,
bereit, die steile Feder hinabzustürzen,
in Anschlag zu gehen, das Reh zu stellen.
Sie vergessen, hier gibt es kein Leben.
Hier herrschen andre Gesetze, schwarz auf weiß.
Hier dauert jeder Moment so lange, wie ich es will,
er läßt sich zerlegen in kleine Ewigkeiten,
voll Kugeln, die man im Fluge anhält.
Wenn ich befehle, passiert hier nichts von Dauer.
Kein Blatt fällt ohne meinen Willen,
kein Grashalm beugt sich vor dem Punkt des Hufs.
Es gibt also eine Welt,
deren unabhängiges Schicksal ich bestimme?
Eine Zeit, die ich mit Ketten von Zeichen binde?
Ein Sein, das beständig ist durch meine Verfügung?
Freude am Schreiben.
Möglichkeit des Erhaltens.
Vergeltung der sterblichen Hand.

Das Gedächtnis hat endlich das, was es suchte.
Die Mutter fand sich mir ein, der Vater ist mir erschienen.
Ich habe für sie den Tisch erträumt, zwei Stühle. Sie setzten
sich hin.
Sie waren mir wieder nah und lebendig.
Mit den zwei Lampen ihres Gesichts um die graue Stunde
leuchteten sie wie für Rembrandt.

Jetzt erst kann ich erzählen,
in wie vielen Träumen sie sich herumtrieben, in wie vielen
Straßenaufläufen
ich sie hervorzog unter den Rädern,
in wie vielen Agonien sie durch wie viele Hände mir liefen.
Abgeschnitten – wuchsen sie nach, gekrümmt.
Der Widersinn zwang sie zur Maskerade.
Was hilft's, daß sie jenseits von mir keinen Schmerz empfanden,
wenn sie ihn in mir empfanden.
Der geträumte Pöbel hörte, wie ich gerufen habe, Mutter,
zu etwas, was piepsend auf dem Zweig umhersprang.
Gelächter gab's auch, daß ich einen Vater mit Haarschleife
habe.
Ich erwachte in Scham.

Na und endlich.
Eines gewöhnlichen Nachts,
von einem gemeinen Freitag auf Samstag,
kamen sie plötzlich zu mir, so wie ich sie wollte.
Sie träumten mir, aber von Träumen scheinbar befreit,
folgsam nur sich und niemandem sonst.
In der Tiefe des Bildes waren alle Möglichkeiten erloschen,
den Zufällen fehlte die nötige Form.
Nur sie haben schön, weil ähnlich gestrahlt.
Ich träumte sie lange, lange und glücklich.

Ich wurde wach. Machte die Augen auf.
Berührte die Welt wie einen geschnitzten Rahmen.

LANDSCHAFT

In der Landschaft des alten Meisters
haben die Bäume unter der Ölfarbe Wurzeln,
führt der Feldweg bestimmt zum Ziel,
ersetzt der Halm die Signatur allen Ernstes,
ihr fünf Uhr Nachmittag ist zuverlässig,
der Mai behutsam, aber entschlossen gebremst,
so bleibe auch ich stehn – ja doch, mein Lieber,
die Frau dort unter der Esche, das bin ich.

Schau hin, wie weit ich mich von dir entfernt hab',
wie weiß mein Häubchen ist und wie gelb mein Rock,
wie fest ich das Körbchen halte, um nicht aus dem Bild
        zu fallen,
wie ich paradiere in dem mir fremden Schicksal
und mich erhole von den Mysterien des Lebens.

Auch wenn du riefest, ich hörte es nicht,
und hörte ich es, drehte ich mich nicht um,
und täte ich selbst diese unmögliche Bewegung,
dein Gesicht erschiene mir fremd.

Ich kenne die Welt im Umkreis von sechs Meilen.
Ich kenne die Kräuter und Zaubersprüche gegen alle
        Schmerzen.
Noch blickt auf meines Kopfes Scheitel Gott herunter.
Noch bete ich um einen nicht plötzlichen Tod.
Der Krieg ist Strafe, der Friede Belohnung.
Beschämende Träume kommen vom Satan.
Ich hab' eine offensichtliche Seele wie die Pflaume den Kern.

Das Herz-Spiel kenne ich nicht.
Die Nacktheit vom Vater meiner Kinder kenne ich nicht.
Ich vermute nicht hinter dem Lied der Lieder

den komplizierten und oft korrigierten Entwurf.
Das, was ich sagen möchte, gibt es in fertigen Sätzen.
Die Verzweiflung benutze ich nicht, sie ist nicht meine Sache,
sondern mir lediglich anvertraut zur Verwahrung.

Und kreuztest du meinen Weg,
blicktest du mir in die Augen,
ginge ich an dir vorbei direkt am Rande des Abgrunds, der
dünner ist als ein Haar.

Rechts ist mein Haus, das ich rundum kenne,
zusammen mit seinem Treppchen und seinem Eingang zur
Mitte,
wo sich die ungemalten Geschichten ereignen:
der Kater springt auf die Bank,
die Sonne fällt auf den Zinnkrug,
am Tisch sitzt ein knochiger Mann
und repariert die Uhr.

BAHNHOF

Meine Nichtankunft in der Stadt N.
erfolgte pünktlich.

Du bist benachrichtigt worden
durch den nicht abgesandten Brief.

Du schafftest es, in der vorgesehenen Zeit
nicht zu kommen.

Der Zug kam am Bahnsteig drei an.
Viele Reisende stiegen aus.

In der Menge strebte zum Ausgang
das Fehlen meiner Person.

Einige Frauen vertraten mich
eilig
in dieser Eile.

Zu einer lief
jemand, der mir fremd war,
doch sie erkannte ihn
sofort.

Sie tauschten beide
nicht unseren Kuß,
dabei ging nicht mein
Koffer verloren.

Der Bahnhof der Stadt N.
bestand das Examen
in objektivem Dasein.

Alles war an seinem Platz.
Die Details trieben
auf vorgezeichneten Bahnen.

Sogar das Treffen
fand wie verabredet statt.
Jenseits der Reichweite
unsres Dabeiseins.

Im verlorenen Paradies
der Höchstwahrscheinlichkeit.

Woanders.
Woanders.
Wie diese Wörtchen klingeln.

GEBOREN

Das also ist seine Mutter.
Diese kleine Frau.
Grauäugige Urheberin.

Das Boot, in dem vor Jahren
er am Ufer ankam.

Aus ihr ging er hervor
in die Welt,
für die Unewigkeit.

Gebärerin dieses Mannes,
mit dem ich durchs Feuer gehe.

Sie also ist diese Einzige,
die ihn sich nicht erwählt hat,
fertig, vollkommen.

Sie fing ihn selbst ein
in die Haut, die ich kenne,
band ihn an Knochen fest,
die sich vor mir verstecken.

Sie suchte ihm selbst
die grauen Augen aus,
mit denen er mich ansah.

Sie also ist sein Alpha.
Wieso zeigt er sie mir.

Geboren.
Also auch er ist geboren.
Geboren wie alle.
Wie ich, die ich sterben werde.

Sohn eines wahren Weibes.
Aus der Tiefe des Leibes.
Wanderer nach Omega.

Ausgesetzt der Gefahr,
nicht dazusein
von überallher,
in jeder Minute.

Und sein Kopf ist ein Kopf
gegen die Wand,
die zuweilen nachgibt.

Und seine Bewegungen
weichen ab
vom üblichen Urteil.

Ich hab's begriffen:
daß er den halben Weg bereits gegangen ist.

Doch das hat er mir nicht gesagt,
nein.

Er sagte mir nur:
Das ist meine Mutter.

VOLKSZÄHLUNG

Sieben Städte hat man ausgegraben
auf dem Hügel von Troja.
Sieben. Sechs zuviel
für ein Epos.
Wohin mit dem Rest, was tun?
Die Hexameter bersten,
der afabulöse Baustein gerät aus den Fugen,
die Mauern stürzen ein in der Stille des Stummfilms;
verkohlte Balken, zerrissene Glieder,
Krüge, leergetrunken bis zum Verlust des Bodens,
Fruchtbarkeitsamulette, Keime von Gärten
und Totenschädel, berührbar wie der morgige Mond.

Unsere Frühzeit nimmt zu,
allmählich wird's darin eng,
ungesetzliche Mieter machen sich in der Historie breit,
Fleischformationen für Schwerter,
Kehrseiten Hektors, des Adlers, die es ihm gleichtun an Mut,
tausend und abertausend Einzelgesichter,
und jedes ein erstes und letztes in dieser Zeit,
und jedes mit zwei sehr seltsamen Augen.
Es war so leicht, nichts davon zu wissen,
so rührselig, so geräumig.

Was tun mit den Städten, was ihnen geben?
Ein bisher schwach bevölkertes Jahrhundert?
Ein wenig Anerkennung für ihre Goldschmiedekunst?
Für das letzte Gericht ist es doch zu spät.
Wir, drei Milliarden Richter,
haben unsre Geschäfte,
eignes unartikuliertes Gewimmel,
Bahnhöfe, Sporttribünen, Paraden,
zählbares Ausland von Straßen, Etagen, Wänden.

Wir gehn aneinander vorbei in den Warenhäusern
beim Einkauf des neuen Kruges.
Homer macht Dienst im Statistischen Amt.
Was er zu Hause treibt, das weiß niemand.

MONOLOG FÜR KASSANDRA

Ich bin's, Kassandra.
Und das ist meine Stadt unter der Asche.
Und das hier ist mein Stock, meine Orakelbinde.
Und das hier ist mein Schädel voller Zweifel.

Es stimmt, ich triumphiere.
Mein Recht schlug mit dem Feuerschein zum Himmel.
Nur unglaubwürdige Propheten
genießen diese Aussicht,
nur die, die falsch ans Werk gegangen waren,
und alles hätte sich so schnell erfüllen können,
als wären sie überhaupt nicht da.

Ich erinnere mich genau,
wie Menschen bei meinem Anblick verstummten.
Gelächter brach aus.
Hände ließen einander los.
Kinder liefen zu ihren Müttern.
Ich wußte nicht einmal ihre unbeständigen Namen.
Und dieses Lied vom grünen Blatt –
in meiner Gegenwart sang niemand es zu Ende.

Ich liebte sie.
Aber ich liebte sie von oben,
von oberhalb des Lebens.
Aus der Zukunft. Wo es immer leer ist
und äußerst leicht, den Tod zu sehen.
Es tut mir leid, daß meine Stimme hart war.
Seht von den Sternen auf euch, rief ich,
seht von den Sternen auf euch.
Sie hörten es und sie senkten den Blick.

Sie lebten im Leben.

Mit einem großen Wind im Innern.
Und vorverurteilt.
In Abschiedskörpern von Geburt an.
Doch eine feuchte Hoffnung war in ihnen,
ein Flämmchen, das vom eignen Flackern sich ernährte.
Sie wußten, was ein Augenblick bedeutet,
ach, wär's nur einer, irgendeiner,
bevor –

Es kam so, wie ich sagte.
Nur daß daraus nichts folgt.
Und das hier ist mein Kleid, versengt vom Feuer.
Und das ist mein Prophetentand.
Und das Verzerrte mein Gesicht.
Das nicht gewußt hat, daß es schön sein könnte.

PIETA

Im Städtchen, in dem der Held geboren wurde,
das Denkmal besichtigen, seine Größe loben,
zwei Hühner vertreiben von der Schwelle des leeren
Museums,
erfahren, wo seine Mutter wohnt,
klopfen, die knarrende Türe aufstoßen.
Sie hält sich grade, sie kämmt sich glatt, blickt hell.
Sagen, daß man aus Polen gefahren kam.
Grüßen. Fragen, laut und deutlich.
Ja, sie hat ihn geliebt. Sehr. Ja, so ist er immer gewesen.
Ja, sie hat damals vor der Gefängnismauer gestanden.
Ja, sie hat die Salve gehört.
Bedauern, daß man kein Tonband mitgenommen habe
und keine Kamera. Ja, sie kennt die Geräte.
Im Rundfunk hat sie seinen letzten Brief gelesen.
Im Fernsehen die alten Wiegenlieder gesungen.
Einmal trat sie sogar im Film auf, sie hat tränend
in Jupiterlampen gestarrt. Ja, die Erinnerung rührt sie.
Ja, sie ist etwas müde. Ja, das vergeht.
Aufstehn. Danken. Abschied nehmen. Hinausgehn,
vorbei an den nächsten Touristen im Flur.

Wie heißt du, Frau? Ich weiß nicht.
Wo bist du geboren, wo kommst du her? Ich weiß nicht.
Wozu gräbst du dich ein? Ich weiß nicht.
Seit wann versteckst du dich hier? Ich weiß nicht.
Warum hast du mich in den Zeigefinger gebissen?
Ich weiß nicht.
Wir tun dir nichts Böses, weißt du? Ich weiß nicht.
Auf wessen Seite bist du? Ich weiß nicht.
Wir haben jetzt Krieg, du mußt wählen. Ich weiß nicht.
Steht dein Dorf noch? Ich weiß nicht.
Sind das deine Kinder? Ja.

Dieser erwachsene Mann. Dieser irdische Mensch.
Zehn Milliarden Nervenzellen.
Fünf Liter Blut für dreihundert Gramm Herz.
In drei Milliarden Jahren war das Gebilde entstanden.

Am Anfang tauchte er in Gestalt eines Knaben auf.
Der Knabe legte sein Köpfchen auf die Knie der Tante.
Wo ist dieser Knabe geblieben? Wo sind die Knie?
Nun ist der Knabe groß. Ach, das ist nicht mehr dasselbe.
Grausam sind diese Spiegel, glatt wie eine Fahrbahn.
Gestern überfuhr er die Katze. Ja, das war ein Einfall.
Die Katze wurde erlöst von der Hölle dieser Epoche.
Das Mädchen im Auto blickte durch die Wimpern.
Nein, diese Knie, um die es ihm ging, hatte sie nicht.
Eigentlich wollte er liegen im Sand und atmen.
Er und die Welt haben nichts mehr gemeinsam.
Er fühlt sich wie der zerbrochene Henkel vom Krug,
obwohl der Krug es nicht weiß und immer noch Wasser trägt.
Erstaunlich. Jemand tummelt sich noch.
Dieses Haus ist gebaut. Jene Klinke geschnitzt.
Dieser Baum ist gepfropft. Dieser Zirkus wird spielen.
Diese Ganzheit hält, obwohl sie aus Stücken besteht.
Schwer wie Klebstoff und dickflüssig sunt lacrimae rerum.
Aber das alles im Hintergrund nur nebenbei.
Drinnen ist schreckliches Dunkel und in dem Dunkel der
Knabe.

Gott des Humors, fang mit ihm unbedingt etwas an.
Gott des Humors, tu mit ihm endlich etwas.

ANFLUG

In diesem Frühjahr kamen die Vögel wieder zu früh zurück.
Freu dich, Vernunft, auch der Instinkt also irrt.
Er übersieht was, vergafft sich, und schon fallen sie in den
Schnee
und kommen erbärmlich um, verkommen, ungeachtet
der Konstruktion ihrer Kehlen, ihrer winzigen Krallen,
ihrer redlichen Knorpel, der zuverlässigen Schleimhaut,
der Zuflüsse zu ihrem Herzen, des Labyrinths der Därme,
der Schiffe von Rippen und Wirbeln in lichten
Zimmerfluchten,
ihres Gefieders, das würdig wär' eines Pavillons im Museum
jeglichen Handwerks,
und des Schnabels von der Geduld eines Mönchs.

Ich klage nicht, ich empöre mich nur,
daß ein Engel aus wahrem Eiweiß,
ein Springinsfeld mit Drüsen vom Lied der Lieder,
einzeln in Lüften, ungezählt in der Hand,
Zelle für Zelle vereint zur Gemeinsamkeit
von Raum und Zeit, wie ein klassisches Stück
im Applaus der Flügel –
fällt und sich neben den Stein legt,
welcher auf seine archaische Weise
aufs Leben hinabblickt wie auf verworfene Experimente.

Teure Sirenen, so hat es sein müssen,
geliebte Faune, großmächtige Engel,
die Evolution hat euch wahrlich verleugnet.
An Einfällen fehlt es ihr nicht, doch ihr und eure
Flossen aus Tiefen des Devons und Brustkörbe aus dem
Alluvium,
eure fingrigen Hände und kleinhufigen Füße,
Arme nicht statt, sondern zusätzlich zu den Flügeln,
diese, wie furchtbar, eure Zwiegeschöpf-Skelette,
anachronistisch geschwänzt, aus lauter Trotz gehörnt,
vogelartig umsonst, ja dieses Geklebe, Geknorpel,
dieses Puzzle-Gutsle, diese Distichonaden,
die kunstvoll den Menschen mit Reihern zusammenreimen,
so daß er fliegt und unsterblich ist und alles weiß –
gebt es doch zu, das wäre ein Scherz,
ein ewiger Überschwang und ein Ärger,
den die Natur nicht haben will und nicht hat.

Gut, daß sie wenigstens einem Fisch zu fliegen erlaubt
mit provozierender Flinkheit. Jeder von diesen Flügen
ist ein Trost in der Regel, eine Begnadigung
vom allgemeinen Zwang, eine reiche Gabe,
mehr als erforderlich wäre, damit die Welt die Welt sei.

Gut, daß sie wenigstens solche Luxusszenen zuläßt
wie etwa das Schnabeltier, das mit Milch seine Kücken füttert.
Sie könnte Einspruch erheben – und wer von uns
würde merken,
daß er beraubt worden ist?

Aber das Beste scheint,
daß sie den Zeitpunkt verpaßt hat, als das Säugetier aufkam
mit der von einer Waterman herrlich befiederten Hand.

Ich, Tarsius, der Sohn des Tarsius,
Enkel und Urenkel des Tarsius,
ein kleines Tier, das aus zwei Pupillen
und dem unabdingbaren Rest besteht;
wie durch ein Wunder von der Verwertung verschont,
denn für Leckerbissen tauge ich nicht,
für Pelzkragen gibt es größere,
meine Drüsen bringen kein Glück,
Konzerte finden ohne meinen Darm statt;
ich, Tarsius,
sitze auf einem Menschenfinger und lebe.

Grüß dich, du großer Herr,
was gibst du mir dafür,
daß du mir gar nichts zu nehmen gezwungen bist?
Womit belohnst du mir deine Hochherzigkeit?
Welchen Preis bin ich dir, Unschätzbarer, wert
dafür, daß ich zu deinen Lächeln posiere?

Ein großer, ein guter Herr –
ein großer gnädiger Herr –
wer könnte denn das bezeugen, wenn es nicht
Tiere gäbe, die keines Todes wert sind?
Vielleicht ihr selbst?
Aber das, was ihr von euch schon wißt,
das reicht für eine schlaflose Nacht von Stern zu Stern.

Nur wir, wir wenigen, die nicht vom Fell Gezogenen,
nicht von den Knochen Geschälten, nicht von den Federn
Gerupften,
verschont in den Stacheln, Hülsen, Eckzähnen, Hörnern,
und was wer wie noch
vom findigen Eiweiß besitzt,

sind, großer Herr, dein Traum,
der dich für eine kurze Weile freispricht.

Ich, Tarsius, Vater und Großvater des Tarsius,
ein kleines Tier, beinahe ein halbes Etwas,
das dennoch ein Ganzes ist, nicht weniger als die andren;
so leicht, daß die Zweige sich unter mir heben
und längst mich zum Himmel getragen hätten,
wenn ich nicht hin und wieder
fallen müßte als Stein von den,
ach, gerührten Herzen;
ich, Tarsius,
weiß, wie sehr man Tarsius sein muß.

AN MEIN HERZ AM SONNTAG

Ich danke dir, mein Herz,
daß du nicht säumst, daß du dich regst
ohne Entgelt und ohne Lob,
aus angeborenem Fleiß.

Siebzig Verdienste hast du in einer Minute.
Jede deiner Muskelbewegungen
ist wie ein Anstoß des Bootes
ins offene Meer
zur Fahrt um die Welt.

Ich danke dir, mein Herz,
daß du mich ab und zu
herausnimmst aus der Ganzheit,
als Einzelheit selbst im Traum.

Du sorgst dafür, daß ich mich nicht
ganz und gar verflüchtige
in einem Flug,
der keine Flügel braucht.

Ich danke dir, mein Herz,
daß ich wieder erwacht bin –
und obwohl es Sonntag ist,
ein Tag der Ruhe,
hält der Verkehr unter den Rippen an
wie sonst an den Wochentagen.

DER AKROBAT

Von einem Trapez zum
zum andern, in der Stille nach
nach einem plötzlich verstummten Wirbel, durch
durch die bestürzte Luft, schneller als
als die Last des Körpers, der wieder
wieder den Sturz versäumt hat.

Allein. Oder weniger noch als allein,
weniger, da gebrechlich, ihm fehlen
fehlen die Flügel nämlich, sie fehlen ihm ungemein,
ein Mangel, welcher ihn zwingt
zu schamhaften Höhenflügen auf ungefiederter
nackter Spannung.

Mühsam leicht,
geduldig flink,
mit kalkulierter Eingebung. Siehst du,
wie er sich duckt zum Flug, weißt du,
wie er sich auflehnt von Kopf zu Fuß
gegen den, der er ist; weißt du, siehst du,
wie listig er seine frühere Form durchzieht und,
um die wippende Welt in der Faust zu fassen,
die aus sich neugeborenen Arme ausstreckt –

schöner als alles in diesem einen
in diesem einen, der übrigens schon verging, Moment.

FRUCHTBARKEITSFETISCH AUS DEM PALÄOLITHIKUM

Die Große Mutter hat kein Gesicht.
Wozu auch.
Ein Gesicht kann dem Körper nicht treu gehören,
ein Gesicht ist ungöttlich, dem Körper lästig,
es stört seine feierliche Einheit.
Das Antlitz der Großen Mutter ist ihr gewölbter Bauch
mit dem blinden Nabel in dessen Mitte.

Die Große Mutter hat keine Füße.
Wozu auch.
Wohin sollte sie denn wandern?
Wozu die Einzelheiten der Welt betreten?
Sie kam schon an, wo sie ankommen wollte,
nun harrt sie aus in den Werkstätten unter der
straffen Haut.

Es gibt eine Welt? Nun gut.
Die üppig ist? Um so besser.
Die Kinderchen haben, wohin auseinanderzuschwärmen,
den Kopf zu irgend etwas zu erheben? Schön.
Es gibt so viel Welt, daß sie selbst zur Schlafzeit da ist,
die übertrieben ganze und wirkliche Welt?
Und immer, sogar hinterm Rücken vorhanden?
Das ihrerseits ist viel, sehr viel.

Die Große Mutter hat kaum zwei Händchen, kaum
zwei dünne, träge und auf der Brust gekreuzte Händchen.
Wozu auch sollten sie das Leben segnen,
Beschenkte beschenken!
Ihre einzige Pflicht
ist, bei Erde und Himmel
auszuharren auf jeden Fall,

der sich niemals ereignet.
Im Zickzack den Inhalt beschweren.
Das Ornament verspotten.

Du hier weinst, und die dort tanzen,
tanzen dort in deiner Träne.
Feiern dort, sind ausgelassen.
Wissen nichts und nichts dort drüben.
Beinah Spiegelglasgeflimmer.
Beinah Kerzenlichtgeflacker.
Treppen fast und Wandelgänge.
So wie Gesten, wie Manschetten.
Leichtfuß Wasserstoff mit Sauer-,
Taugenichtse Chlor und Soda,
Fatzke Stickstoff tanzen Reigen:
Wie sie fallen, sich erheben,
Wie sie unter Kuppeln kreisen.
Du hier weinst, spielst ihnen auf.
Eine kleine Nachtmusik.
Wer, wer bist du, schöne Maske?

Er wollte Glück,
er wollte Wahrheit,
er wollte Ewigkeit,
da schaut her!

Kaum unterschied er Traum von Wirklichkeit,
kaum daß er dahinterkam, er sei er,
kaum hatte er mit der Hand, der Herkunft nach einer Flosse,
den Feuerstein, die Rakete geschnitzt,
er, der in einem Löffel Ozean leicht zu ertränken ist,
zu wenig komisch sogar, um die Leere lachen zu machen,
der nur mit den Augen sieht,
der nur mit den Ohren hört;
seiner Rede Rekord ist der Konditionalis,
er tadelt mit dem Verstand den Verstand,
mit einem Wort: fast ein Niemand,
doch er besteht auf Freiheit, Allwissen, Sein
jenseits des unklugen Fleisches,
da schaut her!

Denn vorhanden ist er wahrscheinlich,
er kam ja in Wahrheit vor
auf einem Provinzplaneten.
Auf seine Art vital.
Für eine mickrige Mißgeburt des Kristalls –
recht ernst erstaunt.
Für eine schwierige Kindheit in den Zwängen der Herde –
schon gar nicht so übel einzeln.
Da schaut her!

Nur weiter so, weiter und sei es für einen Moment,
ein kurzes Aufblitzen einer kleinen Galaxis!
Es zeige sich endlich im großen und ganzen,

was er sein wird, wenn er schon da ist.
Und er ist – verbissen.
Verbissen, zugegeben, sehr.
Mit diesem Ring in der Nase, in dieser Toga, in diesem Pullover.
Hundert Freuden, sei, wie es sei.
Armes Ding.
Leibhaftiger Mensch.

V. SALZ

Sól

1962

LEKTION

Wer was Alexander der Große *mit wem womit* mit dem Schwert
durchschlägt *wen was* den gordischen Knoten.
Das kam *wem was* niemandem in den Sinn.

Hundert Philosophen gab's – keiner entknotete ihn.
Kein Wunder, daß sie sich jetzt in die Ecken verziehn.
Die Landser zerren an ihren Bärten,
den wirren, den grauen, den bocksgelehrten,
und laut erschallt *wer was* das Lachen.

Genug. Der König mustert unter dem Federbusch Mann
für Mann,
besteigt das Roß und reitet voran.
Und hinter ihm unterm Blasen der Bläser, Trommeln der
Trommler hetzt
wer was die Armee *aus wem aus was* aus Knötchen
zusammengesetzt
in wen in was in die Schlacht.

Teller, aber kein Appetit.
Ringe, doch ohne Gegenliebe,
seit mindestens dreihundert Jahren.

Fächer – wo ist das Wangenrot?
Schwerter – wo ist der Zorn geblieben?
Und die Laute klirrt nicht einmal nach zur grauen Stunde.

Aus Mangel an Ewigkeit wurden
zehntausend alte Gegenstände versammelt.
Ein verschimmelter Diener schlummert behaglich
und läßt seinen Schnurrbart auf die Vitrine fallen.

Vogelfeder, Lehm, Metalle
triumphieren leise in der Zeit.
Nur die Nadel der ägyptischen Lachfrau kichert.

Die Krone überdauerte den Kopf.
Die Hand verlor gegen den Handschuh.
Der rechte Schuh siegte über den Fuß.

Was mich betrifft, ich lebe, recht und schlecht,
Mein Wettlauf mit dem Kleid geht weiter.
Doch welchen Widerstand es leistet!
Und wie es überleben möcht!

EIN AUGENBLICK IN TROJA

Die kleinen Mädchen,
mager und ohne Hoffnung,
die Sommersprossen auf ihren Wangen loszuwerden,

Mädchen, die niemand beachtet,
die über die Lider der Welt gehn,

dem Vater ähnlich oder der Mutter,
was sie entsetzt,

werden vom Teller,
vom Buch,
vom Spiegel
nach Troja entführt.

In den großen Garderoben des Augenblicks
verwandeln sie sich in schöne Helenas.

Sie betreten königliche Treppen
im Rausch der Bewunderung und der langen Schleppe.

Sie fühlen sich leicht. Sie wissen,
Schönheit behagt,
die Sprache gewinnt im Munde Sinn,
und Gesten meißeln sich selbst
im begnadeten Leichthin.

Ihre Gesichtchen,
eines klassischen Dramas würdig,
ragen stolz auf den Hälsen,
die eine Belagerung wert sind.

Die dunkelhaarigen Filmliebhaber,
die Brüder der Freundinnen, ach,
der Zeichenlehrer,
sie werden alle fallen.

Vom Turm des Lächelns
betrachten die kleinen Mädchen
die Katastrophe.

Die kleinen Mädchen
ringen die Hände
im Ritus der Heuchelei, der berauscht.

Die kleinen Mädchen
mit den Ohrringen des allgemeinen Lamentos,
im Diadem der brennenden Stadt,
vor dem Fond der Verwüstung.

Blaß und ohne eine einzige Träne.
Siegesbewußt. Des Anblicks satt.
Nur traurig darüber,
daß sie heimkehren müssen.

Die kleinen Mädchen
bei der Heimkehr.

SCHATTEN

Mein Schatten folgt wie ein Narr der Königin.
Sobald die Königin vom Stuhl sich reckt,
streckt an der Wand auch er sich nach ihr hin
und stößt mit dummem Kopf gegen die Deck'.

Das schmerzt vielleicht auf seine Art
in der Zweiseitenwelt. Vielleicht
fühlt sich der Narr an meinem Hof genarrt
und spielte lieber einen andern Part.

Die Königin – sie lehnt am Fenster heil,
der Narr dagegen springt zum Fenster ab.
So haben sie sich jede Tat geteilt,
obwohl es niemals halbe halbe gab.

Der Simpel maßte sich die Gesten an,
das Pathos und sein Schamlossein alsdann,
das alles, wofür mir die Kräfte fehlen
– die Krone, Zepter, Mantel, Kronjuwelen.

Ich werde, ach, die Arme leicht bewegen,
ach, leicht mein Haupt nach hinten wenden,
König, bei unsrem Abschiednehmen,
König, auf einer Bahnstation.

König, es legt auf diese Weise,
König, ein Narr sich auf die Gleise.

Ophelia sang die tollen Lieder ab
und floh von der Bühne, besorgt,
ob ihr Kleid nicht knittert, ob das Haar
auf die Schultern hinunterfließt, wie sich das gehört.

Zu wahrer Letzt wäscht sie die schwarze Verzweiflung
von ihren Brauen und zählt – als Polonius' natürliche
Tochter –
sicherheitshalber die Blätter nach, die sie aus dem Haar
herausholt.
Ophelia, Dänemark möge mir und dir vergeben:
In den Flügeln werde ich fallen, in den praktischen Krallen
überleben.
Non omnis moriar aus Liebe.

»*La Pologne*? *La Pologne*? Schrecklich kalt dort, nicht wahr?« fragte sie mich und atmete erleichtert auf. Es gibt jetzt so viele von diesen Ländern, daß es am sichersten ist, über das Klima zu sprechen.

»Oh, ja«, möchte ich ihr entgegnen, »die Dichter meines Landes schreiben in Handschuhn. Ich behaupte nicht, sie zögen sie niemals aus; wenn der Mondschein wärmt, dann schon. In ihren Strophen, vom lauten Getöse skandiert, denn nur Getöse dringt durch das Heulen der Stürme, besingen sie das einfache Leben der Seehundhirten. Die Klassiker wühlen mit Tintenzapfen in den festgetretenen Dünen. Der Rest, die Dekadenten, beweint das Schicksal der kleinen Sterne aus Schnee. Wer sich ertränken will, muß zum Beil greifen, um eine Wake zu schlagen. So ist das, meine Liebe.«

So möchte ich ihr antworten. Aber ich vergaß, was Seehund auf französisch heißt. Ich bin mir auch des Zapfens und der Wake nicht ganz sicher.

»*La Pologne*? *La Pologne*? Schrecklich kalt dort, nicht wahr?«

»*Pas du tout*«, antwortete ich eisig.

ÜBERRASCHENDES WIEDERSEHEN

Wir begegnen uns höflich,
behaupten: Wie nett, sich nach Jahren wiederzusehen.

Unsere Tiger trinken Milch.
Unsere Habichte laufen zu Fuß.
Unsere Haie ertrinken im Wasser.
Unsere Wölfe gähnen vor dem offenen Käfig.

Unsere Schlangen haben sich freigeschüttelt von Blitzen,
Affen von Einfällen, Pfauen von Federn.
Die Fledermäuse sind längst aus unseren Haaren geflüchtet.

Wir verstummen mitten im Satz,
rettungslos lächelnd.
Unsereiner hat sich
nichts mehr zu sagen.

GOLDENE HOCHZEIT

Sie mußten früher verschieden gewesen sein,
Feuer und Wasser, sich jäh unterscheiden,
sich gegenseitig berauben und sich beschenken
in der Begierde, im Angriff auf ihre Unähnlichkeit.
Umarmt, nahmen sie sich und gaben sie sich so lange,
bis nur noch Luft in den Armen zurückblieb,
transparent nach dem Abflug der Blitze.

Eines Tages fiel die Antwort vor der Frage.
Eines Nachts errieten sie den Ausdruck ihrer Augen
nach der Art des Schweigens, im Dunkel.

Das Geschlecht verblüht, die Geheimnisse verglimmen,
im Ähnlichen treffen sich die Unterschiede
wie alle Farben im Weiß.

Wer von ihnen ist doppelt, wer nicht da?
Wer lächelt mit zwei Lächeln?
Wessen Stimme hallt zweistimmig wider?
In wessen Bejahung nicken sie mit den Köpfen?
Mit wessen Geste heben sie den Löffel zum Mund?
Wer zog hier wem das Fell über die Ohren?
Wer lebt hier, wer ist hier gestorben,
versponnen in die Linien – von wessen Hand?

Langsam wachsen Zwillinge aus dem Starrblick.
Vertraulichkeit ist die vollendetste der Mütter –
von ihren beiden Kindern zieht sie keines vor,
sie weiß sie kaum zu unterscheiden.

Am Tag der goldenen Hochzeit, dem Feiertag,
setzte sich eine einerlei gesehene Taube auf das Fenster.

Schreib's auf. Schreib. Mit gewöhnlicher Tinte
auf einem gewöhnlichen Blatt Papier: Man gab ihnen nicht
zu essen,
sie starben vor Hunger. *Alle? Wie viele?*
Die Wiese ist groß. Wieviel Gras entfiel
auf einen? Schreib auf: Ich weiß nicht.
Die Geschichte rundet die Skelette auf bis zur Null.
Tausend und einer sind immer noch tausend.
Der eine ist so, als gäb' es ihn nicht:
Fehlgeburt, eine leere Wiege,
eine offene Fibel für niemand,
die Luft, die lacht, die schreit und wächst,
Treppen zur Leere, die in den Garten führt,
niemandes Platz im Glied.

Wir sind auf der Wiese, wo das Wort zu Fleisch ward.
Sie aber ist stumm wie ein gekaufter Zeuge.
Im Sonnenlicht. Grün. Dort unweit der Wald
mit der kaubaren Rinde, dem trinkbaren Baumsaft –
die ganze Tagesration der Aussicht,
solange man nicht erblindet. Oben ein Vogel,
der über den Mund als ein Schatten
von nahrhaften Flügeln vorbeiflog.
Die Kiefer öffneten sich, Zahn schlug auf Zahn.
Nachts blinkte am Himmel die Sichel
und erntete für das erträumte Brot.
Hände aus rußgeschwärzten Ikonen kamen geflogen,
mit leeren Kelchen in Fingern.
Am Stacheldrahtrost
wankte ein Mensch.
Man sang, den Mund voll Erde. *Ein schönes Lied*
davon, daß der Krieg das Herz in der Mitte trifft.
Schreib auf, wie still es hier ist.
Ja.

Die Fischer hatten eine Flasche aus der Tiefe gefischt. Sie enthielt einen Zettel mit folgender Post: »Leute, Hilfe! Ich bin hier. Der Ozean hat mich auf das menschenleere Eiland geworfen. Ich stehe am Ufer und warte auf Rettung. Beeilt euch. Ich bin hier!«
»Hm. Ohne Datum. Es ist sicher zu spät. Womöglich treibt die Flasche schon sehr lange im Meer«, sagte der ernste Fischer.
»Und der Standort ist unklar. Man weiß nicht einmal, welcher Ozean gemeint ist«, fügte der zweite Fischer hinzu.
»Weder zu spät noch zu weit. Die Insel Hier gibt's überall«, meinte der dritte Fischer.
Peinliches Schweigen trat ein, es befremdete alle. Allgemeine Wahrheiten haben das so an sich.

BEIM WEIN

Er sah, sein Blick gab mir Schönheit,
und ich empfing sie als die meine.
Glücklich, verschlang ich einen Stern.

Ich ließ geschehen, daß er mich ausdachte
zum Ebenbild der Spiegelung
in seinen Augen. So tanze ich, tanze
im Geflatter plötzlicher Flügel.

Tisch ist Tisch, Wein ist Wein
im Glas, das ein Glas ist
und stehend auf dem Tisch steht.
Aber ich bin imaginär,
unglaublich imaginär,
imaginär bis ins Blut.

Ich sage ihm, was er will: von Ameisen,
die an der Liebe sterben
unter dem Sternbild der Pusteblume.
Ich schwöre, daß weiße Rosen,
mit Wein besprengt, singen.

Ich lache, neige den Kopf
behutsam, als überprüfte ich
eine Erfindung. So tanze ich, tanze
in der staunenden Haut, in der Umarmung,
die mich erschafft.

Eva aus Rippe. Venus aus Schaum,
Minerva aus Jovis' Haupt
waren wirklicher.

Sieht er an mir vorbei,
such' ich mein Spiegelbild
an der Wand. Und sehe nur
einen Nagel. Kein Bild.

Frauliche Fauna, Walküren,
nackt wie das Donnern der Tonnen.
Sie nisten in zertrampelten Betten,
schlafen mit aufgerissenen Mündern, als wollten sie krähen.
Ihre Augäpfel fliehen nach innen
und stieren in die Drüsen,
aus denen Hefe sickert ins Blut.

Töchter des Barock. Teig schwillt im Backtrog,
Bäder dampfen, Weine erröten,
über den Himmel galoppieren Ferkel von Wolken,
Trompeten wiehern den physischen Alarm.

O kürbisrunde, o maßlose
und durch das Wegwerfen ihrer Kleider verdoppelte
und durch die gewalttätige Pose verdreifachte
fette Liebesgerichte!

Ihre mageren Schwestern waren früher wach,
bevor es dämmerte auf dem Bild.
Und niemand sah, wie sie gingen im Gänseschritt
über die unbemalte Seite der Leinwand.

Vertriebene des Stils. Abgezählte Rippen,
Vogelnatur der Füße und Hände.
Mit den hervorstehenden Schulterblättern versuchen sie zu
fliehen.

Das dreizehnte Jahrhundert hätte ihnen goldenen Grund
gegeben,
das zwanzigste eine Silberleinwand.
Dieses siebzehnte hat für die Flachen gar nichts übrig.

Konvex ist sogar der Himmel,
konvex sind Engel und Gott –
Phöbus mit Schnurrbart, der auf einem schwitzenden
Roß in den kochenden Alkoven reitet.

Sie steht unter dem Baumperückchen,
singt ewige Zerstreuung, Stück für Stückchen,
die Silben, italienisch silbern, rinnen
haardünn wie das Sekret der Seidenspinnen.

Sie liebt den Chevalier mit hohem C
in Ewigkeit wie eh und je.
Für ihn trägt ihre Kehle Spiegel,
trillert Triolen, läßt die Wörtchen fliegen,
und Röstbrot bröselnd in den Rahm,
füttert sie Schäfchen fein aus Porzellan,
die Filouette aus Filigran.

Doch höre ich richtig? Wehe!
Das schwarze Fagott schleicht sich in ihre Nähe.
Schwere Musik auf rabenschwarzen Brauen
entführt sie, zerbricht in der Mitte, danach –
Basso Profundo, Erbarmen, ach,
doremi mene tekel upharsin!

Willst du sie schweigen machen? Entführen
in kalte Weltkulissen? Ins Land
der chronischen Heiserkeit? In den Tartarus des Katarrhs?
Wo ewiges Geräusper herrscht?
Wo die Fischmäulchen unglücklicher Seelen
sich regen? Dort?

O nein! O nein! Zu böser Stund
falle man nicht auf seinen Mund!
An Härchen, überhört in Eile,
schaukelt das Los nur eine Weile,
nur, daß sie Atem schöpfen kann,
als Echo an die Decke klettert, dann
zurückkehrt ins Kristallglas vox humana
und tönt, als säte jemand Licht.

Gespannt vom Fuß bis an den Kiefer.
Von Oliofirmamenten triefend.
Nur der bekommt die Mister-Note,
der wie ein Striezel zugeknotet.

Er fürchtet einen Bären nie, bewahre,
den stärksten nicht (obwohl der nicht zugegen).
Drei unsichtbare Jaguare
erlegt er mit drei schnellen Schlägen.

Der Grätsche Meister und der Hocke.
Sein Bauch hat fünfundzwanzig Mienen.
Ein Vielgeschwulst – der Saal frohlocke –
dank seiner Zaubervitaminen.

Muse, kein Boxer zu sein bedeutet, gar nicht zu sein.
Das brüllende Publikum hast du uns nicht gegönnt.
Zwölf Zuhörer sind im Saal.
Zeit anzufangen.
Die Hälfte ist da, weil es regnet,
der Rest sind Verwandte. Muse!

Die Frauen fielen an diesem herbstlichen Abend gern in
Ohnmacht,
sie werden es tun, allerdings nur bei einem Faustkampf.
Nur dort gibt es dantische Szenen.
Ebenso das Indenhimmelgehobenwerden. Muse.

Kein Boxer zu sein, Poet zu sein,
verurteilt zu lebenslänglichem Tiefsinn,
aus Mangel an Muskulatur der Welt die künftige Schullektüre
vorzuführen, im günstigsten Fall.
O Muse, Pegasus,
Engel unter den Pferden.

Der Greis in der ersten Reihe träumt behaglich,
seine Verblichene steige aus ihrem Grab und
backe ihm einen Pflaumenkuchen.

Mit Feuer, mit einem kleinen, sonst könnte der Kuchen
verbrennen,
beginnen wir unsre Lesung, Muse.

GRABSTEIN

Hier ruht, altmodisch wie das Komma, eine
Verfasserin von ein paar Versen. Die Gebeine
genießen Frieden in den ewigen Gärten,
obwohl sie keiner Literatengruppe angehörten.
Drum schmückt nichts Beßres ihre Totenstätte
als dieser Reim, die Eule und die Klette.
Passant, hol den Computer aus dem Aktenfach
und denk über Szymborskas Los ein wenig nach.

Er baute sich eine Geige aus Glas, um die Musik zu sehen. Er zog seinen Kahn auf den Gipfel des Berges und wartete, daß das Meer zu ihm käme. Bis in die Nächte hinein las er im Kursbuch; die Endstationen rührten ihn zu Tränen. Er züchtete Veilchen mit F. Er schrieb ein Gedicht auf die Haarwuchspflege, danach ein ähnliches zweites. Er zerschlug die Rathausuhr, um den Blätterfall der Bäume aufzuhalten für immer. Im Blumentopf, wo der Schnittlauch wuchs, wollte er eine Stadt ausgraben. Er ging mit der Erde bei Fuß, lächelnd, langsam, wie zwei und zwei gleich zwei – glücklich. Als man ihm sagte, daß es ihn gar nicht gäbe, konnt' er vor Kummer nicht sterben und mußte geboren werden. So lebt er nun irgendwo, blinzelt und wächst. Im rechten Moment! Zur guten Zeit! Unserer Allergnädigsten Herrin, Der Süßen Besonnenen Maschine kommt ein Narr zur würdigen Kurzweil und zur naiven Freude baldig zustatten.

BILDNIS

Sterben die Götterlieblinge jung,
was tun mit dem Rest des Lebens?
Das Alter ist wie ein Abgrund,
wo die Jugend ein Gipfel ist.

Ich rühre mich nicht von hier.
Ich bleibe jung, und sei es auf einem Bein.
Mit einem Schnurrbart, dünn wie ein Mäusepieps,
hänge ich mich an die Luft.
In dieser Haltung werde ich immer aufs neue geboren.
Andere Künste beherrsche ich nicht.

Aber das sind immer ich:
die magischen Handschuhe,
im Knopfloch der Kotillon
vom ersten Kostümball,
das Falsett der jugendlichen Manifeste,
das Gesicht aus dem Traum der Näherin von einem Croupier,
die Augen, die ich gern herausgeschält malte,
mit denen ich wie mit Erbsen aus einer Schote warf,
bei diesem Anblick nämlich vibrierten die leblosen Schenkel
des gemeinen Frosches.

Staunt auch ihr.
Staunt bei den hundert Fässern des Diogenes,
daß ich mehr Einfälle habe als er.
Betet
den ewigen Anfang.
Was ich in Fingern halte,
sind Spinnen, die ich in die Tusche tauche
und auf die Leinwand werfe.
Ich bin wieder in der Welt.
Ein neuer Nabel erblüht
auf dem Bauch des Künstlers.

ICH BIN ZU NAH

Ich bin zu nah, als daß er von mir träumte.
Ich fliege nicht über ihm, laufe ihm nicht davon
unter die Wurzeln der Bäume. Ich bin zu nah.
Nicht meine Stimme singt der Fisch im Netz.
Der Ring rollt nicht von meinem Finger.
Ich bin zu nah. Das große Wohnhaus brennt,
da, wo ich Hilfe schreie, ohne mich. Zu nah,
als daß die Glocke läutete auf meinem Haar.
Zu nah, um einzutreten wie ein Gast,
vor dem die Wände sich gleich öffnen.
Nie sterbe ich zum zweiten Mal so leicht,
so wissenlos, so außerhalb des Körpers
wie einst in seinem Traum. Ich bin zu nah,
zu nah. Ich hör' das Zischen
und seh' die Schuppe schillern dieses Worts,
erstarrt in der Umarmung. Er schläft tief,
zugänglicher in diesem Augenblick der einmal nur gesehenen
Kassiererin des Wanderzirkus mit dem Löwen
als mir, die ich an seiner Seite liege.
Jetzt wächst für sie das Tal in ihm,
rostlaubig, eingesperrt vom schneebedeckten Berg
in blauer Luft. Ich bin zu nah,
um ihm vom Himmel in den Schoß zu fallen.
Mein Schrei kann ihn nur wecken. Ich bin, Arme,
beschränkt auf meine eigene Gestalt
und war doch eine Birke, eine Eidechse
und trat aus Zeiten und Brokaten vor,
mit Farben vieler Häute flimmernd. Und besaß
die Gnade, vor erstaunten Augen zu verschwinden,
den Schatz der Schätze. Jetzt bin ich zu nah,
zu nah, als daß er von mir träumte.
Ich zieh' den Arm unter dem Kopf des Schlafenden hervor,
erstarrt, voll ausgeschlüpfter Nadeln.

Auf jeder ihrer Spitzen, abzuzählen,
haben gestürzte Engel sich gesetzt.

»Wie spät?« – »Ja, ich bin glücklich,
mir fehlt nur ein Glöckchen am Hals,
das über dir klingelte, wenn du schläfst.«
»Hast du das Unwetter nicht gehört? Der Wind rüttelte an der Mauer,
der Turm gähnte wie ein Löwe mit dem großen Tor
auf den quietschenden Scharnieren.« – »Wie, du hast es vergessen?
Ich trug das gewöhnliche graue Kleid
mit der Schulterspange.« – *»Und gleich danach*
platzte der Himmel in hundert Blitzen.« – »Wie sollte ich eintreten,
du warst nicht allein.« – *»Plötzlich sah ich Farben,*
die es gegeben haben muß, bevor es den Blick gab.« – »Schade,
daß du es mir nicht versprechen kannst.« – *»Du hast recht,*
wahrscheinlich war es ein Traum.« – »Warum lügst du,
warum sprichst du mich mit ihrem Namen an,
liebst du sie noch?« – *»Oh, ja, ich möchte,*
daß du bei mir bleibst.« – »Ich bin dir nicht böse,
ich hätte es ahnen müssen.«
»Denkst du immer an ihn?« – »Aber ich weine doch nicht.«
»Und das ist alles?« – »Niemanden so wie dich.«
»Du bist wenigstens ehrlich.« – »Sei unbesorgt,
ich verlasse die Stadt.« – *»Sei unbesorgt,*
ich geh' von hier fort.« – »Deine Hände sind schön.«
»Eine alte Geschichte, die Spitze drang ein,
ohne den Knochen zu berühren.« – »Kein Grund zu danken,
mein Lieber, kein Grund zu danken.« – *»Ich weiß nicht*
und will es nicht wissen, wie spät es ist.«

WASSER

Ein Tropfen Regen fiel auf meine Hand,
abgezapft dem Ganges, dem Nil,

dem zum Himmel gefahrenen Reif vom Schnurrbart des
Seehunds,
dem Wasser aus den zerschlagenen Krügen der Städte Ys
und Tyr.

Auf meinem Zeigefinger
ist das Kaspische Meer eine offene See,

und der Pazifik mündet in die Rudawa,
dieselbe, die über Paris als Wolke dahinflog

im Jahre siebenhundertvierundsechzig
am siebten Mai um drei Uhr morgens.

Es gibt nicht Münder genug, um deine flüchtigen
Namen auszusprechen, Wasser.

Ich müßte in allen Sprachen dich nennen,
die Selbstlaute alle auf einmal sagen

und schweigen zugleich – wegen des Sees,
der überhaupt noch keinen Namen bekam,

den es nicht gibt auf der Erde – wie im Himmel
den darin sich spiegelnden Stern.

Jemand ertrank, jemand rief sterbend nach dir.
Das war in der Vorzeit und das war gestern.

Du löschtest Häuser, knicktest Gebäude
wie Bäume, Wälder wie Städte.

Du warst in den Taufbecken und in den Badewannen der
Kurtisanen.
In Küssen, in Totentüchern.

An Steinen nagend, Regenbogen nährend.
Im Schweiß wie im Tau der Pyramiden, des Flieders.

Wie leicht ist das alles in einem Regentropfen,
wie sanft berührt mich die Welt.

Was immer wann immer wo immer geschah,
es steht geschrieben im Wasser Babel.

Hiob, geprüft an Leib und Gut, verwünscht das Schicksal der Menschen. Große Poesie. Nun kommen die Freunde, zerreißen ihre Kleider und befinden über Hiobs Schuld vor dem Herrn. Hiob schreit, er sei gerecht gewesen. Hiob weiß nicht, wieso ihn der Herr ereilt hat. Hiob will mit ihnen nicht reden. Hiob will reden mit dem Herrn. Der Herr läßt sich herab in einem Wagen aus Wind. Vor Hiob, der bis auf die Knochen entblößt ist, rühmt er sein Werk: den Himmel, die Meere, die Erde, die Tiere. Behemoth vor allem, Leviathan besonders, die Bestien, die Ehrfurcht gebieten. Große Poesie. Hiob hört zu – der Herr spricht nicht zum Thema, weil der Herr nicht zum Thema zu sprechen wünscht. Also zeigt Hiob eilig Reue vor dem Herrn. Nun überstürzen sich die Ereignisse. Hiob gewinnt die Maultiere und die Kamele zurück, die Ochsen und Schafe bekommt er doppelt. Haut bewächst den bleckenden Totenschädel. Hiob läßt es gut sein. Hiob ist bereit. Er will dem Meisterwerk nicht mehr im Wege stehen.

IM FLUSS DES HERAKLIT

Im Fluß des Heraklit
fischen Fische nach Fischen,
zerlegen Fische Fische, wohnen Fische in Fischen,
fliehen Fische aus den belagerten Fischen.

Im Fluß des Heraklit
liebt ein Fisch einen Fisch,
deine Augen – sagt er – leuchten wie Fische am Himmel,
ich möchte mit dir im gemeinsamen Ozean münden,
du Allerschönste des Fischschwarms.

Im Fluß des Heraklit
erfand ein Fisch den Fisch über alle Fische,
kniet ein Fisch vor dem Fisch, singt ein Fisch für den Fisch,
bittet ein Fisch um eine leichtere Schwimmzeit.

Im Fluß des Heraklit
bin ich ein Einzelfisch, bin ich ein Sonderfisch
(anders zumindest als der Baumfisch oder der Steinfisch)
ich schreibe gesondert zuweilen kleine Fische auf
in Silberschuppen, so kurz,
daß da womöglich die Dunkelheit verlegen blinzelt?

In der ersten Vitrine
liegt ein Stein.
Wir sehen an ihm
einen leichten Riß.
Ein Werk des Zufalls,
wie manche sagen.

In der zweiten Vitrine
ein Stück vom Stirnbein.
Schwer zu bestimmen –
ob tierisch, ob menschlich.
Knochen ist Knochen.
Gehen wir weiter.
Hier gibt es nichts.

Geblieben ist nur
die alte Ähnlichkeit
des aus dem Stein geschlagenen Funkens
mit dem Stern.
Die seit Jahrhunderten klaffende
Ferne des Vergleichs
hat sich gut erhalten.

Sie
hat uns aus der Tiefe der Gattung gelockt,
aus dem Umkreis des Traums geführt
vor die Vokabel Traum,
in der das, was lebt,
immer geboren wird
und stirbt ohne Tod.

Sie
hat unseren Kopf in einen menschlichen verwandelt,

vom Funken zum Stern,
von einem zu vielen,
von jedem zu allen,
von Schläfe zu Schläfe,
und sie hat das, was keine Lider hat,
in uns geöffnet.

Aus dem Stein
floh der Himmel fort.
Der Stock verzweigte sich
zum Dickicht der Enden.
Die Schlange trug den Stachel
aus dem Knäuel ihrer Gründe.
Die Zeit rollte
in den Ringen der Bäume.
Im Echo vervielfachte sich
das Heulen des Aufgeweckten.

In der ersten Vitrine
liegt ein Stein.
In der zweiten Vitrine
ein Stück vom Stirnbein.
Wir kamen den Tieren abhanden.
Wer wird uns abhanden kommen.
Durch welche Ähnlichkeit.
Durch wessen Vergleich womit.

Ich klopfe an die Tür des Steins.
»Ich bin's, mach auf.
Laß mich ein,
ich will mich umschaun in dir,
dich einatmen wie die Luft.«

»Geh weg«, sagt der Stein.
»Ich bin dicht verschlossen.
Sogar in Teile zerschlagen,
bleiben wir dicht verschlossen.
Sogar zu Sand zerrieben,
lassen wir niemanden ein.«

Ich klopfe an die Tür des Steins.
»Ich bin's, mach auf.
Ich komme aus reiner Neugier.
Das Leben ist meine einzige Chance.
Ich möchte deinen Palast durchschreiten
und dann noch das Blatt und den Wassertropfen besuchen.
Ich hab' nicht viel Zeit für das alles.
Meine Sterblichkeit sollte dich erweichen.«

»Ich bin aus Stein«, sagt der Stein,
»und muß gezwungenermaßen ernst sein.
Geh weg.
Lachmuskeln habe ich keine.«

Ich klopfe an die Tür des Steins.
»Ich bin's, mach auf.
Man sagt, es gibt große leere Säle in dir,
unbetrachtet, vergeblich schön,
taub, ohne ein Echo von irgendwessen Schritten.
Gib zu, daß du selbst nicht viel davon weißt.«

»Große und leere Säle«, sagt der Stein,
»aber ohne Raum.
Schön, möglich, aber jenseits des Geschmacks
deiner ärmlichen Sinne.
Du kannst mich kennenlernen, du wirst mich aber niemals
erkennen.
Meine ganze Oberfläche wende ich dir zu,
meine Innenseite wende ich von dir ab.«

Ich klopfe an die Tür des Steins.
»Ich bin's, mach auf.
Ich suche keine Zuflucht für ewig.
Ich bin nicht unglücklich.
Ich bin nicht obdachlos.
Meine Welt ist eine Rückkehr wert.
Ich komme herein und gehe mit leeren Händen wieder hinaus.
Und zum Beweis, daß ich wirklich da war,
zeig' ich nichts vor außer Worten,
denen niemand Glauben schenken wird.«

»Du kommst nicht rein«, sagt der Stein.
»Dir fehlt der Sinn der Anteilnahme.
Kein Sinn ersetzt dir den Sinn der Anteilnahme.
Selbst der bis zur Allsicht geschärfte Blick
nützt dir gar nichts ohne den Sinn der Anteilnahme.
Du kommst nicht rein, hast kaum eine Ahnung von diesem
Sinn,
kaum seinen Ansatz, eine Idee davon.«

Ich klopfe an die Tür des Steins.
»Ich bin's, mach auf.
Ich kann nicht zweitausend Jahrhunderte warten,
bis ich eintrete unter dein Dach.«

»Wenn du mir nicht glaubst«, sagt der Stein,
»frag das Blatt, es wird dir dasselbe sagen.
Frag den Wassertropfen, er sagt dasselbe wie das Blatt.
Frag schließlich das Haar auf deinem Kopf.
Ich platze vor Lachen, vor großem Lachen, vor Lachen,
das ich nicht lachen kann.«

Ich klopfe an die Tür des Steins.
»Ich bin's, mach auf.«

»Ich hab' keine Tür«, sagt der Stein.

IV. RUFE AN YETI

Wołanie do Yeti

1957

Nichts kommt zweimal vor,
auch wenn es uns anders schiene.
Wir kommen untrainiert zur Welt
und sterben ohne Routine.

Und wären wir die dümmsten
Schüler von allen Pennen,
wir werden keinen Winter
und Sommer nachsitzen können.

Kein Tag wird sich wiederholen,
keine Nacht, denn sie entrücken.
Es gibt nicht zwei gleiche Küsse,
zwei wiederholbare Blicke.

Als jemand deinen Namen
fallen ließ bei mir gestern,
War's mir, als fiel' eine Rose
herein durchs offene Fenster.

Heute sind wir zusammen,
ich sehe zur Wand. Oh, nein!
Rose? Was ist eine Rose?
Ist's eine Blume? Ein Stein?

Was mischst du dich, böse Stunde,
mit unnützem Angstgestöhn?
Du bist – also gehst du vorüber.
Du vergehst – also bist du schön.

Wir suchen Einheit zu sein,
lächelnd, wenn wir uns umfassen,
obwohl wir uns unterscheiden
wie zwei Tropfen vom reinen Wasser.

Im Haselholz liebten sie sich
unter den Sonnen des Taus,
mit welken Blättern im Haar
und auf der Erde zuhaus.

Schwalbenherz
erbarme dich ihrer.

Sie knieten am Wasser nieder,
kämmten die Blätter vom Haar,
die Fische kamen geschwommen
ans Ufer als Sternenschar.

Schwalbenherz
erbarme dich ihrer.

Das Abbild der Bäume rauchte
auf glitzernden Wogentressen.
Schwalbe, mach, daß sie niemals
vergessen.

Schwalbe, Dorn der Wolke,
Anker der Atmosphäre,
vollendeter Ikarus,
himmelfahrender Frack,

Schwalbe Schönschreibkunst,
Zeiger ohne Minuten,
frühe Vogelgotik,
Silberblick des Himmels,

Schwalbe, spitze Stille,
heitere Traurigkeit,
Aureole Verliebter,
erbarme dich ihrer.

WER IMMER weiß, wo sich das Mitleid
(Phantasie des Herzens) befindet,
möge sich melden! Möge sich melden!
Er möge lauthals davon singen
und tanzen, als hätt' er den Verstand verloren
vor Freude unter der schmächtigen Birke,
die immer weinen möchte.

ICH LEHRE das Schweigen
in allen Sprachen
nach der Methode der Betrachtung
des Sternenhimmels,
der Kiefer des Sinanthropus,
der Heupferdchensprünge,
der Säuglingsnägel,
des Planktons,
der Schneeflocke.

ICH STELLE die Liebe wieder her.
Achtung! Gelegenheit!
Auf dem Rasen vom Vorjahr
im Sonnenlicht bis zum Hals
liegt ihr beim Tanz des Windes
(des vom vergangenen Jahr,
des Tanzmeisters eurer Haare).
Offerten unter: Traum.

GESUCHT WIRD jemand
zum Beweinen
der Greise, die in Altersheimen
sterben. Ich bitte,
sich zu bewerben ohne Urkunden
und ohne schriftlichen Antrag.

Die Unterlagen werden zerrissen
ohne Quittung.

FÜR DAS VERSPRECHEN meines Mannes,
der euch verführt hat mit Farben
der volkreichen Welt, ihrem Lärm,
dem Lied vor dem Fenster, dem Hund hinter der Wand:
Ihr würdet nie allein sein
im Dunkel und in der Stille und atemlos
– komm' ich nicht auf.
Nacht, Witwe des Tages.

Ich nehme das älteste Recht der Phantasie in Anspruch
und rufe zum ersten Mal im Leben die Toten auf,
halte Ausschau nach ihnen, lausche ihren Schritten,
obwohl ich weiß, wer starb, der starb genau.

's ist Zeit, den eignen Kopf in die Hand zu nehmen
und zu ihm zu sagen: Armer Yorik, wo ist dein Unwissen,
wo dein blindes Vertrauen, wo deine Unschuld,
dein Irgendwiewirdesschonsein, das Gleichgewicht deines
Geistes
zwischen der überprüften und nicht überprüften
Wahrheit?

Ich glaubte, sie hätten Verrat geübt und wären unwürdig
eines Namens,
da doch das Unkraut ihre vergessenen Gräber verspottet
und Raben sie hänseln, das Schneetreiben auslacht
– und dieses waren, Yorik, ja die falschen Zeugen.

Die Ewigkeit der Toten dauert so lang,
solange man sich ihrer erinnern wird.
Windige Währung. Es vergeht kein Tag,
an dem nicht einer seine Ewigkeit verliert.

Heut weiß ich von der Ewigkeit mehr:
Man nimmt oder gibt sie nur auf Zeit.
Wird einer zum Verräter gestempelt – der
ist samt seinem Namen dem Tode geweiht.

Diese unsere Macht über Tote und Moritaten
erfordert eine nicht zu erschütternde Waage,
und daß das Gericht nicht nächtens berate,
den Spruch kein nackter Richter sage.

Die Erde gärt – und sie, die selbst schon Erde,
kommen Klumpen für Klumpen, handvollweise,
aus dem Vergessen, wie Heimgekehrte,
ins Volksgedächtnis, zu Kränzen und Preisen.

Wo bleibt meine Macht über die Worte?
Die Worte sanken auf den Grund der Tränen,
Worte Worte sind den Toten nicht genug,
Beschreibungen sind so leblos wie Fotos, ich könnte sie,
die Opfer, nicht wiedererwecken, nicht für einen Atemzug,
ich, Sisyphus, verbannt in die Hölle der Poesie.

Sie suchen uns heim. Und zerschneiden
– diamantenscharf – die äußerlich blanken Vitrinen,
die Fenster gemütlicher Heime,
die rosa Brillen, die gläsernen
Hirne und Herzen, ganz leise.

DEN FREUNDEN

Vertraut mit den großen Räumen
zwischen Himmel und Erde,
verlieren wir uns im Raum
zwischen Erde und Kopf.

Der Weg vom Leid zur Träne
ist interplanetarisch.
Unterwegs vom Trug zum Sein
ergraut unser Kinderschopf.

Wir spotten des Satelliten,
dieser Spalte der Stille
zwischen Flug und Schall
– als einem Weltrekord.

Es gab schon schnellere Flüge.
Ihr verspätetes Echo
riß uns aus unserem Schlaf
nach vielen Jahren erst fort.

Ein Rufen breitet sich aus:
Wir sind total unschuldig!
Wer ruft denn da? Wir laufen,
öffnen die Fenster zur Welt.

Da stockt die Stimme plötzlich.
Hinter den Fenstern fallen
Sterne, wie nach einer Salve
Tünche von Wänden fällt.

DIE ZWEI AFFEN VON BREUGHEL

So sieht er aus, mein großer Traum von der Reifeprüfung:
Im Fenster sitzen zwei angekettete Affen,
hinter dem Fenster segelt der Himmel
und badet das Meer.

Ich werde in Menschheitsgeschichte geprüft.
Ich stottere und ich stocke.

Der eine Affe hört mir ironisch zu, begafft mich stier,
der andere tut, als nicke er ein –
erst als die Frage fällt, das Schweigen beginnt,
sagt er mir vor
mit leisem Kettengeklirr.

NOCH

In plombierten Waggons, bewacht,
fahren Namen durch Land und Nacht.
Wohin sie fahren in Herden
und ob sie aussteigen werden,
fragt nicht, ich sag's nicht, ich weiß's nicht.

Der Name Nathan schlägt an die Wand,
der Name Isaak lallt ohne Verstand,
der Name Sarah ruft nach Wasser für
den Namen Aaron, der verdurstet hier.

Spring nicht vom fahrenden Zug, Name David.
Dein Name ist zum Verderben verdammt,
du Unbehauster, niemandem eigen,
zu schwer zu tragen in diesem Land.

Nenn deinen Sohn jetzt slawisch, Frau,
sie zählen das Kopfhaar hier genau,
für sie steckt der Recht-und-Schlecht-Unterschied
in euren Namen, im Schnitt vom Lid.

Spring nicht vom fahrenden Zug. Nenn ihn Lech.
Spring nicht. Noch ist es nicht soweit.
Spring nicht. Die Nacht dröhnt wie Hohngelächt',
sie hänselt das Rattern der Räder am Gleis.

Eine Menschenwolke überzog das Land,
große Wolke, kleiner Regen, eine Träne rann,
kleiner Regen, eine Träne. Dürre, kalt.
Das Geleise führt in den schwarzen Wald.

Ja so, ja, rattert's. Durch Waldgefahren.
Ja so, ja. Transporte von Rufen fahren.
Ja so, ja. Ich höre, nachts geweckt,
ja so, ja, wie Stille die Stille schreckt.

VON DER NICHT STATTGEHABTEN EXPEDITION IN DEN HIMALAJA

Aha, das also ist der Himalaja!
Berge unterwegs zum Mond.
Der Moment des Starts, verewigt
am plötzlich geschlitzten Himmel.
Die Wüste der Wolken durchstoßen.
Ein Schlag ins Nichts.
Echo – das weiße Stumme.
Stille.

Yeti, unten ist Mittwoch,
das Abece, das Brot
und zwei mal zwei ist vier,
und der tauende Schnee.
Ein kreuzgeteilter
roter Apfel ist dort.

Yeti, nicht nur Verbrechen
sind bei uns möglich.
Yeti, nicht alle Worte
sind ein Todesurteil.

Wir erben Hoffnung –
die Gabe des Vergessens.
Du wirst sehn, wie wir Kinder
auf Ruinen gebären.

Yeti, wir haben Shakespeare.
Yeti, wir spielen Geige.
Yeti, und wenn es dunkelt,
wir machen das Licht an.

Hier – weder Erde noch Mond,
und die Tränen gefrieren.
O Yeti Halbfaust
überleg es, komm zurück!

So rufe ich Yeti zu
in den vier Lawinenwänden
und trample mich im Schnee,
dem ewigen,
warm.

Oh, ja, kleines Lied, du verspottest meinen Geist,
und ginge ich bergauf, ich blühte nie als Rose.*
Als Rosen blühn nur Rosen, niemand sonst. Du weißt.

Ich wollte Blätter haben. Wollte buschig sprießen.
Mit angehaltenem Atem, auch im Schnellverfahren.
Ich glaubte, mich in eine Rose einzuschließen.

Gnadenloses Liedchen, du treibst es mit mir arg;
ich hab' einen Einzelkörper, keinen wandelbaren,
ich bin einmalig da, und bis ins Knochenmark.

---

* Anspielung auf ein polnisches Volkslied, in dem es heißt: »Du gehst bergauf und ich ins Tal, du blühst als Rose auf und ich als Himbeerstrauch . . .« Auf dasselbe Volkslied bezieht sich das Gedicht »Verliebte« auf S. 195. (A.d.Ü.)

VIER UHR AM MORGEN

Die Stunde von Nacht zu Tag.
Die Stunde von einer Seite auf die andre.
Die Stunde, die sich auf das Krähen der Hähne bereitet.

Die Stunde der Dreißigjährigen, fiebrig.
Die Stunde, da wir uns von der Erde entfernen.
Die Stunde des Winds von erloschenen Sternen.
Die Stunde bleibt-denn-nach-uns-nichts-mehr-übrig.

Die hohle Stunde.
Die dumpfe, beschimpfte.
Der Stunden allertiefster Stollen.

Um vier Uhr am Morgen geht's niemandem gut.
Geht's den Ameisen gut um vier Uhr am Morgen
– sie seien beglückwünscht. Dann komme die fünfte,
sofern wir noch weiter leben sollen.

Schon leuchtet der Wald der Vogesen.
Komm mir nicht nahe.
Ich Dumme, ich Dumme,
mich mit der Welt einzulassen.

Ich aß Brot, trank Wasser,
vom Wind umweht, vom Regen durchnäßt.
Deshalb hüte dich vor mir, geh fort.
Und schließe die Augen fest.

Geh fort, geh fort, doch nicht zu Lande.
Schwimm fort, schwimm fort, doch nicht durch Meere.
Flieg fort, flieg fort, mein Guter,
ohne die Luft zu queren.

Sehn wir in uns mit geschlossenen Augen.
Sprechen wir uns mit geschlossenem Mund.
Nehmen wir uns durch die dicke Mauer.

Wir sind ein leicht komisches Paar:
Der Wald statt des Mondes scheint klar,
deiner Dame aber, Pyramus, treibt
der Wind den radioaktiven Mantel vom Leib.

Sie waren vorhanden oder auch nicht.
Auf einer Insel oder auf keiner.
Der Ozean oder kein Ozean
hat sie verschluckt oder auch nicht.

Gab's denn da jemand, um jemand zu lieben?
Gab's denn da jemand, mit jemand zu kämpfen?

Es war passiert, nichts oder alles
dort oder nicht dort.

Sieben Städte waren's.
Ist das sicher?
Sie wollten ewig sein.
Und die Beweise?

Sie hatten das Pulver erfunden, ja.
Sie hatten es nicht erfunden, nein.

Die Vermuteten. Die Bezweifelten.
Die Unbewiesenen.

Die nicht aus der Luft, dem Feuer,
dem Wasser, der Erde Gegriffenen.

Die weder im Stein
noch im Regentropfen Enthaltenen.

Sie konnten doch kaum im Ernst
den Warnungen posieren.

Ein Meteor fiel herunter.
Es war kein Meteor.

Ein Vulkan brach aus.
Es war kein Vulkan.
Jemand rief etwas.
Niemand nichts.

Auf diesem plus minus Atlantis.

Ich bedenke die Welt, Ausgabe zwei,
Ausgabe zwei, verbessert,
den Idioten zum Hohn,
den Grüblern zum Heulen,
den Kahlen für den Kamm,
den Hunden für die Katz.

Ein Kapitel:
Die Sprache der Pflanzen und Tiere,
wo wir für jede Gattung
entsprechenden Wortschatz führen.
Sogar das einfache Guten Tag,
gewechselt mit einem Fisch,
stärkt uns, den Fisch und alle
fürs Leben.

Dieser längst geahnte,
plötzlich in der Wirklichkeit der Wörter
improvisierte Wald!
Diese Epik der Eulen!
Diese Aphorismen eines Igels,
ersonnen, wenn
wir überzeugt sind,
daß er pennt.

Die Zeit (Kapitel zwei)
hat das Recht, sich einzumischen
in alles, ob gut oder böse.
Aber jene – die Berge zerbricht,
Ozeane versetzt, das Sternenlicht
kreisend begleitet,
hat nicht die geringste Gewalt
über das Liebespaar, das allzu unbekleidet,

weil allzu umarmt, mit der sich sträubenden
Seele, wie mit einem Spatz auf der Schulter.

Das Alter ist nur die Moral
zum Leben eines Kriminellen.
Ach, jung sind doch alle Braven.
Das Leid (Kapitel drei)
kann unseren Körper nicht entstellen.
Der Tod
kommt, wenn wir schlafen.

Und träumen werden wir,
daß man gar nicht atmen müßt,
daß Stille ohne Atem
keine schlechte Musik ist;
wir sind klein wie ein Funke und nackt
und erlöschen im Takt.

Nur so ist der Tod. Wer
eine Rose in der Hand hält, leidet mehr,
und größeres Entsetzen empfand,
wer sah, daß das Blatt fiel in den Sand.

Nur so ist die Welt. Nur so, denk einmal nach,
leben wir. Und sterben nur soviel.
Alles andere ist – wie Bach,
vorübergehend gespielt
auf einer Säge.

III. FRAGEN, DIE ICH MIR STELLE

Pytania zadawane sobie

1954

FRAGEN, DIE ICH MIR STELLE

Was ist der Inhalt eines
Händedrucks und Lächelns?
Bist du bei der Begrüßung
niemals unzugegen,
so wie ein Mensch dem Menschen,
der sein Urteil spricht
gleich auf den ersten Blick?
Ob du ein Schicksal
öffnest wie ein Buch
und nicht in seiner Schrift,
in jeder Type
die Erregung suchst?
Bist du sicher, alles
im Menschen lesen zu können?
Du weichst aus
und antwortest
– statt ehrlich zu sein – mit einem Scherz.
Wie kalkulierst du Verluste?
Freundschaften, unerfüllte,
Welten, in Eis geschlagene.
Weißt du, daß man die Freundschaft
mitschaffen muß, wie die Liebe?
Einer hielt da nicht Schritt
bei diesem strengen Werk.
Gab's in den Fehlern der Freunde
keine Schuld von dir?
Jemand klagte, verzagte.
Wie viele Tränen trockneten,
bis du zu Hilfe kamst?
Ob du, für das Glück der Jahrtausende
mitverantwortlich,
die einzelnen Minuten,
die Tränen im Gesicht

nicht mißachtest?
Vermeidest du niemals
die fremde Mühe?
Ein Glas stand auf dem Tisch,
und keiner hat's gesehen,
erst dann, als es zerbrach,
im Leichtsinn umgeworfen.

Ist denn von Mensch zu Mensch
alles so selbstverständlich?

VERLIEBTE

Uns ist so still, daß wir das Lied,
das gestern gesungene, hören:
»Du gehst bergauf, ich geh' ins Tal . . .«
Wir hören – und wolln es nicht glauben.

Unser Lächeln ist keine Maske der Trauer,
Güte bedeutet nicht Entsagen.
Die jetzt nicht lieben, tun uns leid,
noch mehr, als sie es wohl verdienen.

Wir sind von uns so sehr verwundert,
was könnte uns noch mehr verwundern?
Kein Regenbogen nachts.
Kein Schmetterling im Schnee.

Und wenn wir einschlafen,
sehn wir im Traum die Trennung.
Doch dieser Traum ist gut,
ja, dieser Traum ist gut,
weil wir davon erwachen.

II. DESHALB LEBEN WIR

Dlatego żyjemy

1952

ZIRKUSTIERE

Bären stampfen im Takt,
ein Löwe durchspringt brennende Reifen,
ein gelbgeschürzter Affe fährt Rad,
eine Peitsche knallt, Melodien ergreifen,
die Peitsche schaukelt den Blick der Tiere,
der Jumbokopf balanciert die Karaffe,
die Hunde, maßvoll im Schritt, quadrillieren.

Ich schäme mich sehr, ich – Menschenaffe.

Ein schlechtes Vergnügen war dieser Tag:
Mit Applaus wurde nicht gespart,
wenn die Hand, verlängert um den Peitschenschlag,
in den Sand der Manege scharfe Schatten warf.

AUS KOREA

Sie stachen dem Jungen die Augen aus. Das Augenpaar.
Weil dieses Augenpaar so schräg und zornig war.
– Ihm sei jetzt Tag wie Nacht –
Der Oberst hatte selbst am lautesten gelacht,
er steckte einen Dollar in die Faust dem Büttel
und strich aus seiner Stirn das Haar,
zu sehen, wie der Junge, wie geblendet,
davonging, Ausschau haltend mit den Händen.

Im Jahre fünfundvierzig, Monat Mai, da habe
ich meinen Haß zu früh begraben
in der Erinnerung an Unrecht und Gewalt,
ich brauche seine Glut wohl wieder, bald,
drum lasse ich ihn aufgehoben,
vor allem deinetwegen, Oberst –
du schändlicher Spaßvogel.

I. AUS EINEM UNVERÖFFENTLICHTEN BUCH

Z nie wydanego zbioru

1945

EINST HATTEN WIR DIE WELT

Einst hatten wir die Welt im Flug gewußt:
– Sie war so klein, daß zwei im Händedruck sie fassen konnten,
so leicht, daß sie mit einem Lächeln sich beschreiben ließ,
so einfach wie das Echo alter Wahrheit in Gebeten.

Die Geschichte hat uns keine Siegerfanfare geschmettert:
Sie hat uns schmutzigen Sand in die Augen gestreut.
Weite und blinde Straßen lagen vor uns,
bitteres Brot, vergiftete Brunnen.

Unsere Kriegsbeute ist das Wissen von dieser Welt:
– Sie ist so groß, daß zwei im Händedruck sie fassen können,
so schwer, daß sie mit einem Lächeln sich beschreiben läßt,
so seltsam wie das Echo alter Wahrheit in Gebeten.

AUS DEM KINO KOMMEND

Geträumtes schwirrte auf weißem Tuch.
Zwei Stunden im Mondgeflimmer.
Es gab eine Liebe, schmachtend genug,
und glückliche Heimkehr für immer.

Hier draußen aber ist's blau und fahl.
Gesicht und Text sind grauer.
Ein Partisan besingt seine Qual,
ein Mädchen spielt ihre Trauer.

Ich komm' zurück in die wahre Welt,
voll Schicksal, dunkel, verstrickt –
zu euch, einarmiger Junge am Zelt
und Mädchen mit müßigem Blick.

NACHWORT
VON JERZY KWIATKOWSKI

Was in dieser Poesie vor allem auffällt, ist ihre Kunstfertigkeit. Wir leben in einer Zeit, in der die Literatur als Beichte, und sei sie noch so gestammelt, oder als Zeugnis, und sei dieses noch so plump, dominiert. Szymborska ist eigenwillig anders; sie hat den Mut, ihre Gedichte zu ziselieren, immer neue Hindernisse zu suchen und zu überwinden, kunstsinnig, virtuos zu arbeiten; Vollkommenheit anzustreben. Nehmen wir als Beispiel die Litanei an die Schwalbe in dem Gedicht *Denkwürdigung*. Welche Findigkeit und welch ein Reichtum vortrefflicher Metaphern-Periphrasen! Besonders beachtenswert – und denkwürdig – sind die scherzhaften, die geistreich als Witz oder leicht als Laune daherkommenden Metaphern »vollendeter Ikarus«, »himmelfahrender Frack«, »frühe Vogelgotik«, »Silberblick des Himmels«. Im ersten Augenblick überraschen sie einfach nur. Im nächsten aber erstaunt ihre paradoxe Treffsicherheit, die den Leser glauben macht, sie seien ihm soeben selbst, so und nicht anders, eingefallen.

Szymborska ist eine Meisterin der kleinen Metapher. Noch größer ist ihre Meisterschaft in der Erfindung einmaliger, poetischer Sprachsysteme. Ich kenne keinen Dichter, der derart findig seinen Stil von Gedicht zu Gedicht – je nach Leitidee, Thema, Gattungsart, Ziel – änderte. Die meisten, auch hervorragende Dichter, schreiben immer ein wenig »über einen Leisten«. Szymborska ist maßlos verschwenderisch; für viele ihrer Gedichte kreiert sie sozusagen Sonderpoetiken, ohne diese später zu wiederholen; obwohl sie manche von ihnen mit Erfolg zu einem ganzen Bändchen »fortschreiben« könnte. Was aber am meisten erstaunt: sie ist dabei auf den ersten Blick aus ihrer Handschrift zu erkennen, und sie erreicht das in der Kunst Wichtigste, ihre eigene Einheit in der Vielfalt der Formen.

Werfen wir einen Blick auf einige dieser ihrer Privatpoetiken.

Szymborska bildet zum Beispiel, um ein Gedicht über eine Sängerin (*Koloratur*) zu schreiben, eigens dafür eine Sprachparodie auf das Opernlibretto; der Inhalt des Gedichts ist – auf spaßige Weise – in dieser Parodiesprache enthalten.

Doch höre ich richtig? Wehe!
Das schwarze Fagott schleicht sich in ihre Nähe.

Wie anders aber sieht Szymborskas poetisches Spiel in *Die Frauen von Rubens* oder – vor allem – in *Mittelalterliche Miniatur* aus. In diesen beiden Gedichten haben wir es mit einer ungewöhnlich kunstsinnigen Übertragung von Malerei in Poesie zu tun, wobei die *Miniatur* . . . noch deutlicher als die *Frauen* . . . – weil wortwörtlich – dieser Übertragung sprachlich ganz untergeordnet ist. Was für eine Erfindungsgabe in der Anpassung naiver Superlative:

Über den allergrünsten Hügel,
im allerberittensten Gefolge,
in allerseidigsten Mänteln.

naiver sprachlicher Delikatessen (»wunderbar jung, allerjüngst«, »und alle reiten, als streiften sie mit den Hüflein/die allerfeldweghaftesten Tausendschönchen«) an den Stil der mittelalterlichen Miniaturen in der Art von *les Très riches heures du duc de Beurry* der Gebrüder Limbourg. Diese Meisterminiatur der Übertragung der einen Kunst in eine andere ist um so raffinierter, als sie das Original mit augenzwinkernder Distanz betrachtet.

In unmittelbarer Nachbarschaft zur *Mittelalterlichen Miniatur* steht das Gedicht *Der Terrorist, er sieht.* Auch hier haben wir es mit einer stilisierten Naivität zu tun. Aber wie anders ist diese Naivität und wie anders ihre Stilisierung. Szymborska porträtiert die Roheit des Terroristen, seine stumpfsinnige Unmoral mit dem eigens dafür eingerichteten »Sprachsystem«. Ihre Kunst besteht – diesmal – in der gezielten Vulgarisierung der Sprache, der beabsichtigten

Verarmung von Syntax und Wortwahl, in der Anwendung heimlich belauschter grammatikalischer Grobheiten (so des in der polnischen Sprache unkorrekten Gebrauchs des Personalpronomens »er«). Dieses ungewöhnlich suggestive Bild beinhaltet zugleich das Urteil der Dichterin über den Terroristen-Schwachsinn, obwohl es in diesem Gedicht kein Wort der direkten Stellungnahme gibt; die Sprache allein klassifiziert den gedankenlosen Mörder vollauf.

Koloratur und die Gedichte über die Malerei zeigen stilistischen Reichtum. Mit dem Gedicht *Der Terrorist, er sieht* wird eine andere Kunst, die Kunst der Askese, deutlich. Die Dichterin erreicht dieses Ziel mit raffiniert einfachen Mitteln. Nicht mehr ausgesuchte Metaphern, spaßige Neologismen oder glänzende verbale Entsprechungen zu anderen Künsten, sondern allein die »Tonarten« oder die grammatikalisch-rhetorischen Schemata entscheiden über die Unterschiedlichkeit der einzelnen Gedichte. So hat Szymborska auch für *Atlantis* eine besondere, die alternativ-antithetische Sprache »erfunden«:

Sie waren vorhanden oder auch nicht.
Auf einer Insel oder auf keiner.
Der Ozean oder kein Ozean
hat sie verschluckt oder auch nicht.

Mit welcher Zielsicherheit (und welchem Witz) gibt diese Sprache die sonderbare, vermutete, weder wahre noch unwahre, fragwürdige Existenz des legendären Inselreichs wieder.

Und noch eine völlig andere Konvention: *Pietà*. Die höchst einfache, prosaische und lapidare Sprache in der perfektiven Nennform im Imperativ wechselt hier ab mit der ebenso sparsamen wie einfachen, scheinbar indirekten Rede, deren Anfangs-»Ja«, mit dem die meisten Sätze beginnen, anzeigt, daß es Antworten auf Fragen sind. Es ist ein Interview mit der Mutter eines seinerzeit erschossenen Helden. Zum Ausdruck kommt das Feingefühl dem fremden Leid gegenüber, aber auch die nicht zu vermeidende Oberflächlichkeit, Unwesentlichkeit und Banalität dieser Art von Gesprächen und Begegnungen werden entlarvt:

Ja, die Erinnerung rührt sie.
Ja, sie ist etwas müde. Ja, das vergeht.
Aufstehn. Danken. Abschied nehmen. Hinausgehn,
vorbei an den nächsten Touristen im Flur.

Ein Meisterstück, virtuos in der extremen Askese, ist das Gedicht *Vietnam* mit seiner originellen Poetik der Dialogform. Es wechseln hier zwar die grundsätzlichen, elementaren Fragen, aber nicht die Antworten; mit ermüdender, Mißtrauen und Feindschaft suggerierender Monotonie antwortet die Vietnamesin sowohl auf die Frage nach ihrem Namen als auch auf die Frage »Auf wessen Seite bist du?« mit »Ich weiß nicht«. Und als sie die zehnte Frage mit »Ja« beantwortet, horchen wir auf. Die Pointe vermittelt uns, da sie unerwartet kommt, eindrucksvoll die exzeptionelle Größe der Sache, nach der hier gefragt wurde: »Sind das deine Kinder?« – Eine schönere Hymne auf die Mutterliebe als dieses Gedicht kann ich mir kaum denken; seine ursprüngliche Einfachheit trifft die Ursprünglichkeit des Gefühls vortrefflich.

Über Szymborskas poetische Kunst zu schreiben ist für den Kritiker eine dankbare Aufgabe. Nicht zuletzt deshalb, weil die Dichterin diese Kunst quasi verborgen hält, als ob sie sie verheimlichen oder bagatellisieren wollte.

Vergleichen wir zum Beispiel ihre Gedichte mit der Poesie der Avantgarde der Zwischenkriegszeit. Auch diese war – durch Dichter so hohen Ranges wie Przyboś und von so großer Originalität wie Peiper vertreten – von anspruchsvoller Qualität. Auch in ihr spielte die poetische Kunstfertigkeit eine entscheidende Rolle. Die Avantgardisten aber hatten ihre Virtuosität – todernst – zelebriert. Ihre Poesie hatte sich einer künstlichen, hieratischen Sprache bedient

und war nicht selten hermetisch und ostentativ: sie trug ihre Artistik zur Schau.
Szymborska ist das genaue Gegenteil davon: Ihre Sprache lebt von Elementen der Umgangssprache, ihre Poesie folgt den Idealen der Mitteilbarkeit und der Natürlichkeit. Von der eigenen Kunstfertigkeit lenkt sie ab, indem sie diese durch einen Scherz oder durch Selbstironie bagatellisiert; oder aber, indem sie sie auf eine derart perfekte Art funktionalisiert, daß sie fast unsichtbar wird.
Der Kritiker ist verpflichtet, dieses Ansinnen der Verschleierung aufzudecken . . .

2

Szymborskas Poesie ist äußerst individualistisch: wie im Geiste von Leibniz geschrieben. Mit dem Satz »Obwohl wir uns unterscheiden wie zwei Tropfen vom reinen Wasser« (aus dem Gedicht *Nichts kommt zweimal*) zitiert Szymborska den deutschen Philosophen fast wörtlich. »Ich bin einmalig bis ins Knochenmark«, »ich Einzelfisch, Sonderfisch«, »noch rührt sie die Einzelheit ständig«: wie viele Beispiele der außergewöhnlichen Empfindsamkeit für das existentiell »Andersartige«, das Ausschließliche – auch im zeitlichen Aspekt (»Einmalige«) –, das in diese Poesie sowohl tragisches als auch tragikomisches Bewußtsein einbringt; verurteilt zu sein zu einem Leben für den Tod, andererseits zu einem permanent improvisierten Leben, zu einem Spiel ohne Text- und Kostümprobe (man lese das unvergleichliche *Leben im Handumdrehen*).
Dieses Prinzip der qualitativen Eigenart, der Individualisierung der Monaden, des metaphysischen Pluralismus drückt sich schon in der ausgeprägten Eigenart des einzelnen Gedichts aus, das, jedes für sich, eine Individualität an sich ist. Besonders deutlich wird dieses Prinzip – verständlicherweise – auf der höheren Stufe der Individualisierung: darin, was diese Gedichte miteinander verbindet und vom Hintergrund der gesamten Gegenwartspoesie abhebt.

Das vollends zu klären und zu analysieren ist hier nicht der Platz. Zweifelsohne aber spielt – wenn wir die Einheit in der Vielfalt, von der eben die Rede war, betrachten – der Wagemut eine Rolle, mit dem sich die Dichterin der Kolloquialismen bedient, Wortschatz und Syntax der ihr selbst in Gesprächen sicherlich eigenen Alltagssprache nutzt. Indem sie auf das, wie es gelehrt heißt, Konventionsidiom zugunsten des Konversationsidioms verzichtet, kommen die Gedichte, was Einheit und Einmaligkeit betrifft, ihrer eigenen Person authentisch nahe. Der Satz bekommt oder behält seine eigene Note, und durch Redewendungen wie »Gibt's die Welt? Na, dann ist's gut«, »Da, schaut her«, »Ich sage – aha«, »Leider, je nun«, »hört nur gut zu« – die unerwartet auftauchen, nicht selten in Situationen, die erwartungsgemäß hätten pathetisch sein müssen – wird noch zusätzlich ein spezifischer Lese-Effekt ausgelöst: Wir hören fast die dazugehörende Stimme.
Der Individualismus ist nicht nur ein Strukturprinzip dieser Poesie, sondern auch ein Moralprinzip. Szymborska – und das ist eine der trotzigsten Tendenzen ihrer Dichtung – nimmt den Menschen in Schutz: vor dem Verlorengehen in der Masse, vor der Versklavung und Verdinglichung durch Staaten und Mächte, vor dem Gefängnis der Grenzen, Statistiken und Formulare, vor dem Verschwinden in der großen Zahl. Viele ihrer Gedichte gelten diesem Schutz: von der *Volkszählung* über die *Stimmen*, das *Massenfoto*, den *Psalm, Am Styx,* die *Kinder der Zeit* bis zum *Schreiben eines Lebenslaufs*. Notabene, auch dieses Thema gelingt es ihr, mit der für sie typischen trotzigen Anmut, nicht nur vom Pathos zu befreien, sondern auch – in nachsichtige – Ironie zu verweisen. In einem ihrer neuesten Gedichte, in den *Möglichkeiten*, lesen wir: »Die Nullen einzeln sind mir lieber/ als zur Schlange an eine Ziffer gehängt.«
Gesellschaftspolitisch gesehen, bildet das Prinzip des differenzierenden Individualismus die Basis für die von Szym-

borska beständig wahrgenommene Verteidigung der Menschenrechte. Es hat in dieser Poesie aber auch dramatischen Charakter: es macht die Entfremdung bewußt. Mehrmals schildert Szymborska die Situation des Einanderfremdseins, des gegenseitigen Nichtverstehens, des Nebeneinanderherlebens: im *Sommernachtstraum*, in dem bereits angesprochenen *Vietnam*, im Gedicht *Auf dem Turm Babel* – in diesem letzten wohl am interessantesten: als Sprachlos-Gespräch, in dem die Fragen nicht mit den Antworten korrespondieren, in dem jeder der Partner von etwas anderem spricht, obwohl der Sinn dieses Dialogs eindeutig ist: es geht um die Trennung.
Am deutlichsten aber, auf eine höchst verallgemeinernde Art klar wird dieses Prinzip durch einen anderen Widerspruch: den zwischen dem Menschen und der Welt der Dinge, der Welt der Natur. In einem von Szymborskas wesentlichen Gedichten, im *Gespräch mit dem Stein*, lesen wir:

Ich klopfe an die Tür des Steins.
»Ich bin's, mach auf.
Laß mich ein,
ich will mich umschaun in dir,
dich einatmen wie die Luft.«

»Geh weg«, sagt der Stein.
»Ich bin dicht verschlossen.
Sogar in Teile zerschlagen,
bleiben wir dicht verschlossen.
Sogar zu Sand zerrieben,
lassen wir niemanden ein.«

Ich klopfe an die Tür des Steins.
»Ich bin's, mach auf.
(. . . . .)«
»Du kommst nicht rein«, sagt der Stein.
»Dir fehlt der Sinn der Anteilnahme.«

So verläuft das Zwiegespräch; Bitten und Absagen, Wünsche und Zurückweisungen zwischen Mensch und Welt, zwischen Mensch und Ding, zwischen dem Sein an sich und dem Sein in sich: Die Termini des Sartreschen Existentialismus sind hier durchaus am Platze.

Inspirationen philosophischer Natur verbinden sich bei Szymborska – auf eine heute selten gewordene Weise – mit Inspirationen aus naturwissenschaftlichen Quellen. Wie stets, so auch in dieser Hinsicht, sucht Szymborska mittels eines kleinen Konkretums, dessen genauer Beobachtung, die weitreichende Verallgemeinerung, das Universalproblem. Was sie zentral, beständig beschäftigt, ist die Menschheit als biologische Gattung, und zwar – als Fortsetzung des *Gesprächs mit dem Stein* – ihre Fremdheit, ihre Entfremdung und Abseitigkeit in der Welt. Gleichzeitig freilich macht diese Poesie auf das feste zwischenmenschliche Band, auf die die Menschheit aller Epochen, plötzlich zusammengeballt in der Zeit, verbindende Gemeinsamkeit aufmerksam:

> Verbissen, zugegeben, sehr.
> Mit diesem Ring in der Nase, in dieser Toga, in diesem Pullover.
> (*Hundert Freuden*)

und eingesperrt in die vor- und danach-Grenzen:

> Wir kamen den Tieren abhanden.
> Wer wird uns abhanden kommen?
> (*Notiz*)

Das ist die Perspektive, von der aus die Dichterin die Menschheit betrachtet. »Seht von den Sternen auf euch«, schreibt sie im *Monolog für Kassandra*. Sie könnte das gleiche in einem Monolog für Wisława Szymborska schreiben.

Fragen wir einmal, wie dieser »Blick von den Sternen« beschaffen ist. Es gibt in der Dichtung von Szymborska zumindest zwei Gedichte, die diese Frage beantworten. Eines von ihnen ist das ironisch-naive Gedicht *Hundert*

Freuden. Das zweite *Die zwei Affen von Breughel*: die ganze Menschheitsgeschichte meisterhaft kurzgefaßt und übersetzt in ein einziges »leises Kettengeklirr«. Man fände schwerlich eine Weltgeschichte, die tragischer, lapidarer und zugleich hohnsprechender – schließlich souffliert dieses Resümee ein Affe – wäre. Szymborska, Moralistin und Anwältin der Freiheit, betrachtet die Entwicklungsgeschichte der eigenen Gattung ohne Illusion ... So manches ihrer Gedichte könnte hierzu als Prämisse dienen: *Rehabilitierung, Das Hungerlager bei Jasło, Noch* (ein Gedicht über den Transport der Juden ins Vernichtungslager).

Die große Distanz – die in dieser Poesie so hervorragend mit der minuziösen Nähe zusammenwirkt – erlaubt es Szymborska, sich den schwierigsten existentiell-metaphysischen Fragen zu stellen. Wie in dem aufschlußreichen Gedicht *Verwunderung*: Erstaunen über die eigene Identität, über die Tatsache, daß man sich in diesem und keinem anderen Sein befindet, in diesem und keinem anderen Augenblick, an diesem Ort der Zeit und des Raums. Ein Erstaunen, das der Anfang einer jeden philosophischen Reflexion ist.

Wenn aber dieser Ort, diese Zeit und – vor allem – diese Art des Seins eine bestimmte, keine andere Haltung zur Folge haben, dann kann man sie sich auch anders vorstellen, sich vom Gefühl ihres absoluten Zwangs befreien. Was in Szymborskas Poesie am interessantesten zu sein scheint, ist ihre »metaphysische Phantasie«, die Leichtigkeit, mit der sie sich im Konditionalis, auf der negativen Seite, in den gedachten Wirklichkeiten bewegt. Ein Konzert für eben diese anderen Wirklichkeiten sind die *Hundert Freuden.* Die *Freude am Schreiben* ist die Wirklichkeit des literarischen Schaffens, die *Landschaft* die Wirklichkeit eines plötzlich mit der realen Wirklichkeit vermischten Bildwerks, *Das Gedächtnis hat endlich* ... die Wirklichkeit eines Schlaftraums, die *Volkszählung* die überraschend aufgefundene Wirklichkeit jenseits der Geschichte – was tun damit? Der *Bahnhof* schließlich die negative Wirklichkeit, wiedergegeben durch die Sprache der Verneinung:

> Meine Nichtankunft in der Stadt N.
> erfolgte pünktlich.
> Du bist benachrichtigt worden
> durch den nicht abgesandten Brief.
> Du schafftest es, in der vorgesehenen Zeit
> nicht zu kommen.

Denken wir an *Atlantis*, an diese mögliche, nicht bestimmte Wirklichkeit, von der nichts Sicheres gesagt werden kann, die sich zwischen den Widersprüchen »plus minus« vollzieht. Erinnern wir uns an die groteske metaphysische Phantastik: an die aus Fisch-Monaden gebaute Welt im Gedicht *Im Fluß des Heraklit*.

Das alles bedeutet freilich nicht, daß Szymborskas Poesie ein – in Gedichtform geschriebenes – theoretisches Traktat über diverse Möglichkeiten des Seins wäre. Die metaphysische Phantasie der Dichterin drückt sich mit Anmut unprätentiös aus, zugleich aber ist sie der Problematik der Existenz, an der sie persönlich tiefen Anteil nimmt, durchaus verpflichtet. Und so beschwört sie die Wirklichkeit eines literarischen Werks in einem Gedicht, in dessen Pointe der Gedanke an den Tod desjenigen (derjenigen) auftaucht, der (die) diese Wirklichkeit schafft. Die Wirklichkeit des Traums wird im Gedicht über die verstorbenen Eltern bedacht, die negative Wirklichkeit in der Beschreibung der Trennung eines Liebespaares.

Bei Szymborska ist es fast die Regel: Hinter einer gewöhnlichen, allgemein verständlichen Empfindung, hinter einer alltäglichen »Lebens«-Situation verbirgt sich die ungewöhnliche philosophische Problematik.

Unter Szymborskas »metaphysischen Spielen« ist das mit eigenartiger Listigkeit betriebene das wesentlichste: der

Einfall, das Sein als widersprochenes Nichtsein, als Nicht-Nichtsein zu behandeln. Diesem Einfall begegnen wir in Gedichten wie *Thomas Mann, Geboren, Alle Fälle, Das Nichts.* Am interessantesten in dem letzten.

Das eigene Leben wird hier nicht als selbstverständliche Offensichtlichkeit betrachtet, sondern als sonderbare Unterbrechung im Nichtsein, das der Dichterin, wie es scheint, sehr gewohnt, vertraut ist, da sie – aus ihm kommt.

Die Welt dieses Gedichts ist unsere eigene, normale Welt. Aber wie anders – im Blitzlicht jener »umgenichteten« Hellseherei – wird sie gesehen und gezeigt. Als zeigte sie uns jemand, der plötzlich, auf eigene Faust, das Vorhandensein der negativen Zahlen entdeckt hat.

> wieviel dort Stille fällt auf eine Grille hier,
> wieviel dort Wiese fehlt dem Sauerampferblatt hier

Das Gedicht endet mit einer herrlichen, überraschenden Pointe:

> Und wirklich, ich sehe darin gar nichts
> Gewöhnliches.

Diese eigensinnige Verneinung, die Verkehrung der abgegriffenen Redewendung »nichts Ungewöhnliches« in ihr Gegenteil, ist einer von Szymborskas vielen Sprachscherzen. Indem die Dichterin das Nichts umkehrt, die Wirklichkeit umkehrt, kehrt sie auch – konsequent – das dazugehörende Wort um.

Beachten wir noch etwas anderes: Das ganze Gedicht stützt sich darauf, im Sein, in der Welt nichts als etwas Gewöhnliches, Selbstverständliches anzusehen. Eine der kostbarsten Qualitäten der Poesie ist gerade die, daß sie im Gewöhnlichen das Ungewöhnliche, die Rätselhaftigkeit, das Wunderbare zu sehen vermag, daß sie die Welt durch das Prisma des metaphysischen Erstaunens zeigt; desselben Erstaunens, das auch Grundlage jeglichen philosophischen, ontologischen Denkens ist. Szymborska gelingt dieses en miniature auf globale Weise.

3

Szymborska verbirgt also den tieferen, philosophischen Urgrund ihrer Gedichte. Sie tut so, als gälte ihr Schreiben ganz alltäglichen Dingen. Sie verschleiert die Kunst. Sie tut so, als wäre es kinderleicht, Gedichte zu schreiben. Schließlich versteckt sie den tragischen, den bitteren Sinn ihrer Poesie. Sie tut, als berühre sie das alles nicht allzu tief.

Dabei ist sie sich all dessen sehr wohl bewußt. In dem Gedicht *Unter einem kleinen Stern* schreibt sie:

> Nimm mir nicht übel, Sprache, daß ich pathetische Worte entlehne
> und mir dann Mühe gebe, sie leicht erscheinen zu lassen.

Die Diskretion und vor allem der spezifische Humor – wenn man sich die Skala der hier behandelten Probleme und Erlebnisse vergegenwärtigt – gehören zu den besonders faszinierenden Merkmalen dieser Poesie.

In vielen Fällen wird eine, so scheint es zunächst, recht komplizierte Operation vorgenommen. Das, was in der vermittelten Reaktion einen Ausbruch pathetischer Erschütterung rechtfertigen würde, kommt, umgekehrt, in der Karikatur, im Spott, sogar als Clownerie zum Ausdruck. Diese Ersatzentladung ermöglicht Diskretion, Gelassenheit und Maß dort, wo sie am meisten nottun: auf den Höhepunkten dieser Poesie, im Zentrum ihrer Tragik.

Eine unvergleichliche Formel für diesen Mechanismus bietet das Gedicht *Schatten*:

> Ich werde, ach, die Arme leicht bewegen,
> ach, leicht mein Haupt nach hinten wenden,
> König, bei unsrem Abschiednehmen,
> König, auf einer Bahnstation.
> König, es legt auf diese Weise,
> König, ein Narr sich auf die Gleise.

Diesem Grundsatz der Entzauberung des Schmerzes durch Lachen, Lächeln, Ironie, Scherz bleibt Szymborska seit Jahren treu. Sie versteht es, diese beiden Elemente so zu dosie-

ren, daß sie – sich summierend oder potenzierend – ein seltenes ästhetisches Erlebnis evozieren. Ein neues, ihr eigenes Kunstmodell ergeben.
Zugleich aber kreiert sie damit ein ungewöhnlich wertvolles Persönlichkeitsmodell.
Zwei Hauptkomponenten, zwei – überwundene – Antinomien bestimmen dieses Modell. Die erste davon ist die Kunst, den Individualismus (wir wissen, wie intensiv er bei Szymborska ist) mit der Aufgeschlossenheit – den Menschen, der Welt, dem Wissen gegenüber – in Einklang zu bringen. Nichts liegt Szymborska ferner als ein formal technisches Konzept der Poesie oder als der Rückzug in private Assoziationen, als Hermetik.
Die zweite Komponente ist die Kunst der Zurückhaltung, der Ausgewogenheit der eigenen Gefühlsposition in Anbetracht der tragischen Beschaffenheit der Welt und des menschlichen Daseins schlechthin. Dichter, die diese Tragik direkt zeigen, die ihre krankhaften Ängste vor uns ausbreiten und sich damit gewöhnlich von ihnen befreien, können wir bewundern. Mehr Respekt verdienen die Dichter, die eine beherrschte, stoische Haltung bewahren. Solche, die in ihrer Poesie – nebenbei, wie ungewollt – ein bestimmtes Exempel der Menschennatur statuieren, das sowohl Vorbild als auch Hilfe sein kann. Zu diesen Dichtern gehört Szymborska. Zu solchen Modellen gehört ihr – sich seiner selbst schämender, selbstironischer, belächelter – Heroismus.

ANHANG

WERKVERZEICHNIS

Gedichte

A. Einzelausgaben

Z nie wydanego zbioru (Aus einem unveröffentlichten Buch). 1945. Im Manuskript.
Dlatego żyjemy (Deshalb leben wir). Warszawa 1952.
Pytania zadawane sobie (Fragen, die ich mir stelle). Kraków 1954.
Wołanie do Yeti (Rufe an Yeti). Kraków 1957.
Sól (Salz). Warszawa 1962.
Sto pociech (Hundert Freuden). Warszawa 1967.
Wszelki wypadek (Alle Fälle). Warszawa 1972.
Wielka liczba (Die große Zahl). Warszawa 1976.
Nadmiar (Überfluß). 1980. Im Manuskript.
Dzieci epoki (Kinder der Zeit). 1986. Im Manuskript.
Ludzie na moście (Menschen auf der Brücke). Warszawa 1986.

B. Sammelausgaben

Wiersze wybrane (Ausgewählte Gedichte). Warszawa 1964.
Poezje wybrane. Wybór i wstęp autorki (Ausgewählte Gedichte. Auswahl und Einführung der Autorin). Warszawa 1967.
Poezje. Wstęp Jerzy Kwiatkowski (Dichtungen. Vorwort von Jerzy Kwiatkowski). Warszawa 1970.
Wybór wierszy (Auswahl der Gedichte). Warszawa 1973.
Tarsjusz i inne wiersze (Tarsius und andere Gedichte). Warszawa 1976.

Prosa (Kritiken)

Lektury nadobowiązkowe (Wahllektüre). Kraków 1973.

In deutscher Sprache

Salz. Gedichte. Übertragen und herausgegeben von Karl Dedecius. Frankfurt am Main 1973.
Deshalb leben wir. Gedichte. Übertragen und herausgegeben von Karl Dedecius. Frankfurt am Main 1980.
Hundert Freuden. Gedichte. Herausgegeben und übertragen von Karl Dedecius. Mit einem Vorwort von Elisabeth Borchers und einem Nachwort von Jerzy Kwiatkowski. Frankfurt am Main 1986.

ALPHABETISCHES VERZEICHNIS
DER ORIGINALTITEL

INHALT

Wisława Szymborska
Ihr Werk im
Suhrkamp Verlag

Auf Wiedersehn. Bis morgen
Gedichte

Deshalb leben wir
Gedichte
Bibliothek Suhrkamp 697

Hundert Freuden
Gedichte
suhrkamp taschenbuch 2589

Salz
Gedichte
edition suhrkamp 600

Polnische Bibliothek
im Suhrkamp Verlag
Herausgegeben von Karl Dedecius

Jerzy Andrzejewski: Asche und Diamant. Roman. Erstfassung. Aus dem Polnischen von Henryk Bereska. Mit einem Nachwort von Andreas Lawaty. Leinen

Bedenke, bevor du denkst. 2222 Aphorismen, Sentenzen und Gedankensplitter der letzten hundert Jahre. Herausgegeben und aus dem Polnischen übertragen von Karl Dedecius. Mit zeitgenössischen Illustrationen. Leinen

Kaszimierz Brandys: Warschauer Tagebuch. Die Monate davor. 1978–1981. Aus dem Polnischen von Friedrich Griese. Mit einem Nachwort von Konstanty A. Jeleński. Leinen

Maria Dąbrowska: Tagebücher 1914–1965. Ausgewählt und herausgegeben von Tadeusz Drewnowski. Aus dem Polnischen von Klaus Staemmler. Leinen

Deutsche Gedichte über Polen. Herausgegeben von Elfi Hartenstein. Leinen

Die Dichter Polens. Hundert Autoren vom Mittelalter bis heute. Ein Brevier von Karl Dedecius. Mit Porträtzeichnungen von Eryk Lipiński. Leinen

Hoffnung der Besiegten. Erzählungen des polnischen Realismus. Herausgegeben von Witold Kośny. Aus dem Polnischen von Karl Dedecius, Friedrich Griese, Witold Kośny, Olaf Kühl und Danka Spranger. Leinen

Jarosław Iwaszkiewicz: Die Fräulein von Wilko. Drei Novellen. Aus dem Polnischen von Klaus Staemmler. Leinen

Das junge Polen. Literatur der Jahrhundertwende. Ein Lesebuch von Karl Dedecius. Aus dem Polnischen von Jean Paul d'Ardeschah, Stefan George, Jeannine Łuczak-Wild, Stanisław von Odrowonsch, Carl von Pentz, Marek Scherlag, Klaus Staemmler, Margaret Stisi und – soweit nicht anders angegeben – Karl Dedecius. Leinen

Leszek Kołakowski: Narr und Priester. Ein philosophisches Lesebuch. Herausgegeben und mit einem Nachwort von Gesine Schwan. Ins Deutsche übertragen von Heinz Abusch, Wanda Bronska-Pampuch, Alexander Drożdżyński, Mikołaj Dutsch, Friedrich Giese, Eberhard Kozlowski, Peter Lachmann, Edith Marko-Stöckl, Christa Storck und Edda Werfel. Leinen

Leon Kruczkowski: Rebell und Bauer. Roman. Aus dem Polnischen von Karl Dedecius. Mit Nachworten von Karl Dedecius und Gotthold Rhode. Leinen

Andrzej Kuśniewicz: Tierkreiszeichen. Roman. Aus dem Polnischen übersetzt von Renate Schmidgall. Mit einem Nachwort versehen von Hans-Peter Hoelscher-Obermaier. Leinen

92/1/7.95

92/2/7.95

Polnische Bibliothek
im Suhrkamp Verlag
Herausgegeben von Karl Dedecius

Henryk Rzewuski: Denkwürdigkeiten des Herrn Soplica. Aus der polnischen Adelsrepublik. Übertragen von Philipp Löbenstein mit einem Nachwort von A. de Vincenz und Illustrationen von Elviro Andriolli und Bronisław Zaleski. Leinen

Bruno Schulz: Die Mannequins und andere Erzählungen. Herausgegeben von Jerzy Jarzebski. Aus dem Polnischen von Josef Hahn. Leinen

Joachim Christoph Friedrich Schulz: Reise nach Warschau. Eine Schilderung aus den Jahren 1791-1793. Mit Vignetten von Daniel Chodowiecki und einem Nachwort von Klaus Zernack. Leinen

Julian Stryjkowski: Asrils Traum. An den Weiden ... unsere Harfen. Zwei Erzählungen. Aus dem Polnischen von Karin Wolff. Leinen

Jan Józef Szczepański: Japanische Blumen. Erzählungen und Betrachtungen. Herausgegeben und mit einem Nachwort versehen von Andrzej Sulikowski. Aus dem Polnischen übersetzt von Klaus Staemmler und anderen. Leinen

Wisława Szymborska: Gedichte. Herausgegeben und übertragen von Karl Dedecius. Mit einem Vorwort von Elisabeth Borchers und einem Nachwort von Jerzy Kwiatkowski. Leinen

Władisław Terlecki: Die zwei Köpfe des Adlers. Roman. Aus dem Polnischen übersetzt von Monika Wrosek-Müller. Mit einem Nachwort versehen von Michael G. Müller. Leinen

Stanisław Ignacy Witkiewicz: Verrückte Lokomotive. Ein Lesebuch mit Bildern des Autors. Herausgegeben von Andrzej Wirth. Aus dem Polnischen von Karl Dedecius, Friedrich Griese, Hildeburg Heider, Janusz von Pilecki, Walter Tiel, Christa Vogel, Ryszard Zan. Leinen

Stefan Żeromski: Vorfrühling. Roman. Aus dem Polnischen von Kurt Harrer und Eckhard Thiele. Mit einem Nachwort von Heinrich Olschowsky. Leinen

92/3/7.95

Krieg und Frieden im Suhrkamp Taschenbuch Verlag

Ernst Bloch: Kampf, nicht Krieg. Politische Schriften 1917-1919. Herausgegeben von Martin Korol. es 1167

Briefe von Frauen über Krieg und Nationalismus. Aus dem Slowenischen von Marina Einspieler, aus dem Serbokroatischen von Barbara Antkowiak, Angela Richter und Mechthild Schäfer. Mit einem Beitrag von Duŝka Periŝeć-Osti. es 1811

Falsche Helden. Frauen über den Krieg. Herausgegeben von Daniela Gioseffi. st 2507

Den Frieden denken. Herausgegeben von Dieter Senghaas. es 1952

Friedensanalysen Bd. 16. Die neue Friedensbewegung. Analysen der Friedensforschung. es 1143

Friedensanalysen Bd. 21. Kriegsursachen. es 1238

Friedensanalysen Bd. 22. Militärregime und Entwicklungspolitik. es 1314

Friedensanalysen Bd. 23. Lehren aus der Geschichte? Historische Friedensforschung. es 1355

Friedensanalysen Bd. 24. Die vergessene Dimension internationaler Konflikte: Subjektivität. Redaktion: Reiner Steinweg und Christian Wellmann. es 1617

Friedensanalysen Bd. 25. Von der Kritik zur Friedensforschung. Redaktion: Berthold Meyer. es 1770

Friedensanalysen Bd. 26. Deutschlands Einheit und Europas Zukunft. Redaktion: Bruno Schoch. es 1783

Friedensanalysen Bd. 27. Umweltzerstörung als Kriegsfolge und Kriegsursache. Redaktion: Berthold Meyer. es 1774

Friedensutopien. Herausgegeben und eingeleitet von Zwi Batscha und Richard Saage. stw 267

Alexander Kluge: Schlachtbeschreibung. Roman. es 1193

György Konrád: Antipolitik. Mitteleuropäische Meditationen. Aus dem Ungarischen von Hans-Henning Paetzke. es 1293

– Identität und Hysterie. Essays. Aus dem Ungarischen von Hans-Henning Paetzke. es 1921

– Stimmungsbericht. Aus dem Ungarischen von Hans-Henning Paetzke. es 1394

Ekkehart Krippendorff: Militärkritik. Mit einem Vorwort von Johan Galtung. es 1804

– Staat und Krieg. Die historische Logik politischer Vernunft. es 1305

Alexander Mitscherlich: Die Idee des Friedens und die menschliche Aggressivität. Vier Versuche. BS 233

107/1/7.95

Krieg und Frieden im Suhrkamp Taschenbuch Verlag

Dieter Senghaas: Europa 2000. Ein Friedensplan. es 1632
– Friedensprojekt: Europa. es 1717
– Konfliktformationen im internationalen System. es 1509
– Rüstung und Militarismus. es 498
– Wohin driftet die Welt? es 1916
– Die Zukunft Europas. Probleme der Friedensgestaltung. es 1339

107/2/7.95

suhrkamp taschenbücher
Eine Auswahl

Adorno: Erziehung zur Mündigkeit. st 11
Aitmatow: Dshamilja. st 1579
Alain: Die Pflicht, glücklich zu sein. st 859
Allende: Eva Luna. st 1897
– Das Geisterhaus. st 1676
– Die Geschichten der Eva Luna. st 2193
– Von Liebe und Schatten. st 1735
The Best of H.C. Artmann. st 275
Augustin: Der amerikanische Traum. st 1840
Bachmann: Malina. st 641
Bahlow: Deutsches Namenlexikon. st 65
Ball: Hermann Hesse. st 385
Barnes: Nachtgewächs. st 2195
Barnet: Ein Kubaner in New York. st 1978
Barthes: Fragmente einer Sprache der Liebe. st 1586
Becker, Jürgen: Gedichte. st 690
Becker, Jurek: Bronsteins Kinder. st 1517
– Jakob der Lügner. st 774
Beckett: Endspiel. st 171
– Malone stirbt. st 407
– Molloy. st 229
– Warten auf Godot. st 1
– Watt. st 46
Beig: Hochzeitslose. st 1163
– Rabenkrächzen. Eine Chronik aus Oberschwaben. st 911
Benjamin: Angelus Novus. st 1512
– Illuminationen. st 345
Berkéwicz: Adam. st 1664
Berkéwicz: Josef stirbt. st 1125
– Maria, Maria. st 1809
Bernhard: Alte Meister. st 1553
– Auslöschung. Ein Zerfall. st 1563
– Beton. st 1488
– Claus Peymann kauft sich eine Hose und geht mit mir essen. st 2222
– Gesammelte Gedichte. st 2262
– Holzfällen. st 1523
– Stücke 1-4. st 1524, 1534, 1544, 1554
– Der Untergeher. st 1497
– Verstörung. st 1480
Blackwood: Der Tanz in den Tod. st 848
Blatter: Das blaue Haus. st 2141
– Wassermann. st 1597
Brasch: Der schöne 27. September. st 903
Braun, Volker: Gedichte. st 499
– Hinze-Kunze-Roman. st 1538
Brecht: Dreigroschenroman. st 1846
– Gedichte über die Liebe. st 1001
– Geschichten vom Herrn Keuner. st 16
– Hauspostille. st 2152
Bertolt Brechts Dreigroschenbuch. st 87
Broch: Die Verzauberung. st 350
– Die Schuldlosen. st 209
Buch: Die Hochzeit von Port-au-Prince. st 1260
– Tropische Früchte. st 2231
Burger: Der Schuß auf die Kanzel. st 1823
Cabrera Infante: Drei traurige Tiger. st 1714

265/1/11.93

265/2/11.93

suhrkamp taschenbücher
Eine Auswahl

Handke: Der Chinese des Schmerzes. st 1339
– Der Hausierer. st 1959
– Kindergeschichte. st 1071
– Langsame Heimkehr. Tetralogie. st 1069-1072
– Die linkshändige Frau. st 560
– Die Stunde der wahren Empfindung. st 452
– Versuch über den geglückten Tag. st 2282
– Versuch über die Jukebox. st 2208
– Versuch über die Müdigkeit. st 2146
– Wunschloses Unglück. st 146
Hesse: Gesammelte Werke. 12 Bde. st 1600
– Demian. st 206
– Das Glasperlenspiel. st 79
– Klein und Wagner. st 116
– Klingsors letzter Sommer. st 1195
– Knulp. st 1571
– Die Morgenlandfahrt. st 750
– Narziß und Goldmund. st 274
– Die Nürnberger Reise. st 227
– Peter Camenzind. st 161
– Schön ist die Jugend. st 1380
– Siddhartha. st 182
– Der Steppenwolf. st 175
– Unterm Rad. st 52
– Der vierte Lebenslauf Josef Knechts. st 1261
Hettche: Ludwig muß sterben. st 1949
Hildesheimer: Marbot. st 1009
– Mitteilungen an Max über den Stand der Dinge. st 1276
– Tynset. st 1968
Hohl: Die Notizen. st 1000
Horváth: Gesammelte Werke. 15 Bde. st 1051-1065
– Jugend ohne Gott. st 1063
Hrabal: Ich habe den englischen König bedient. st 1754
– Das Städtchen am Wasser. st 1613-1615
– Tanzstunden für Erwachsene und Fortgeschrittene. st 2264
Hürlimann: Die Tessinerin. st 985
Inoue: Die Eiswand. st 551
– Der Stierkampf. st 944
Johnson: Das dritte Buch über Achim. st 169
– Mutmassungen über Jakob. st 147
– Eine Reise nach Klagenfurt. st 235
Jonas: Das Prinzip Verantwortung. st 1085
Joyce: Anna Livia Plurabelle. st 751
Kaminski: Flimmergeschichten. st 2164
– Kiebitz. st 1807
– Nächstes Jahr in Jerusalem. st 1519
Kaschnitz: Liebesgeschichten. st 1292
Kiefer: Über Räume und Völker. st 1805
Kirchhoff: Infanta. st 1872
– Mexikanische Novelle. st 1367
Koch: See-Leben. st 783
Koeppen: Gesammelte Werke in 6 Bänden. st 1774
– Jakob Littners Aufzeichnungen aus einem Erdloch. st 2267

265/3/11.93

suhrkamp taschenbücher
Eine Auswahl

Koeppen: Tauben im Gras. st 601
– Der Tod in Rom. st 241
– Das Treibhaus. st 78
Konrád: Der Komplize. st 1220
– Melinda und Dragoman. st 2257
Kracauer: Die Angestellten. st 13
– Kino. st 126
Kraus: Schriften in 20 Bänden. st 1311-1320, st 1323-1330
– Die letzten Tage der Menschheit. st 1320
– Literatur und Lüge. st 1313
– Sittlichkeit und Kriminalität. st 1311
Karl-Kraus-Lesebuch. st 1435
Kundera: Abschiedswalzer. st 1815
– Das Buch vom Lachen und vom Vergessen. st 2288
– Das Leben ist anderswo. st 1950
Laederach: Laederachs 69 Arten den Blues zu spielen. st 1446
Least Heat Moon: Blue Highways. st 1621
Lem: Die Astronauten. st 441
– Frieden auf Erden. st 1574
– Der futurologische Kongreß. st 534
– Das Katastrophenprinzip. st 999
– Lokaltermin. st 1455
– Robotermärchen. st 856
– Sterntagebücher. st 459
– Waffensysteme des 21. Jahrhunderts. st 998
Lenz, Hermann: Die Augen eines Dieners. st 348
Leutenegger: Ninive. st 685
Lezama Lima: Paradiso. st 1005
Lovecraft: Berge des Wahnsinns. st 1780
– Der Fall Charles Dexter Ward. st 1782
– Stadt ohne Namen. st 694
Mastretta: Mexikanischer Tango. st 1787
Mayer: Außenseiter. st 736
– Ein Deutscher auf Widerruf. Bd. 1. st 1500
– Ein Deutscher auf Widerruf. d. 2. st 1501
– Georg Büchner und seine Zeit. st 58
– Thomas Mann. st 1047
– Der Turm von Babel. st 2174
Mayröcker: Ausgewählte Gedichte. st 1302
Meyer, E. Y.: In Trubschachen. st 501
Miller: Am Anfang war Erziehung. st 951
Das Drama des begabten Kindes. st 950
– Du sollst nicht merken. st 952
Morshäuser: Die Berliner Simulation. st 1293
Moser: Grammatik der Gefühle. st 897
– Körpertherapeutische Phantasien. st 1896
– Lehrjahre auf der Couch. st 352
– Vorsicht Berührung. st 2144
Muschg: Albissers Grund. st 334
– Fremdkörper. st 964
– Im Sommer des Hasen. st 263
– Das Licht und der Schlüssel. st 1560

265/4/11.93

suhrkamp taschenbücher
Eine Auswahl

Museum der modernen Poesie. st 476
Neruda: Liebesbriefe an Albertina Rosa. st 829
Nizon: Im Bauch des Wals. st 1900
Nooteboom: In den niederländischen Bergen. st 2253
– Mokusei! Eine Liebesgeschichte. st 2209
O'Brien: Der dritte Polizist. st 1810
Onetti: So traurig wie sie. st 1601
Oz: Bericht zur Lage des Staates Israel. st 2192
– Black Box. st 1898
– Eine Frau erkennen. st 2206
– Der perfekte Frieden. st 1747
Paz: Essays. 2 Bde. st 1036
– Gedichte. st 1832
Penzoldt: Idolino. st 1961
Percy: Der Idiot des Südens. st 1531
Plenzdorf: Legende vom Glück ohne Ende. st 722
– Die neuen Leiden des jungen W. st 300
Poniatowska: Stark ist das Schweigen. st 1438
Praetorius: Reisebuch für den Menschenfeind. st 2203
Proust: Auf der Suche nach der verlorenen Zeit. 10 Bde. st
Puig: Der Kuß der Spinnenfrau. st 869
– Der schönste Tango der Welt. st 474
Ribeiro: Brasilien, Brasilien. st 1835
Rochefort: Zum Glück gehts dem Sommer entgegen. st 523
Rodoreda: Auf der Plaça del Diamant. st 977
Rothmann: Stier. st 2255
Rubinstein: Nichts zu verlieren und dennoch Angst. st 2230
Russell: Eroberung des Glücks. st 389
Sanzara: Das verlorene Kind. st 910
Semprún: Die große Reise. st 744
– Was für ein schöner Sonntag. st 972
Sloterdijk: Der Zauberbaum. st 1445
Späth: Stilles Gelände am See. st 2289
Sternberger: Drei Wurzeln der Politik. st 1032
Strugatzki / Strugatzki: Die häßlichen Schwäne. st 1275
– Eine Milliarde Jahre vor dem Weltuntergang. st 1338
Tendrjakow: Die Abrechnung. st 965
Unseld: Der Autor und sein Verleger. st 1204
– Begegnungen mit Hermann Hesse. st 218
Vargas Llosa: Der Geschichtenerzähler. st 1982
– Der Hauptmann und sein Frauenbataillon. st 959
– Der Krieg am Ende der Welt. st 1343
– Lob der Stiefmutter. st 2200
– Tante Julia und der Kunstschreiber. st 1520

265/5/11.93

suhrkamp taschenbücher
Eine Auswahl

Vargas Llosa: Wer hat Palomino Molero umgebracht? 1786
Walser, Martin: Die Anselm Kristlein Trilogie (Halbzeit, Das Einhorn, Der Sturz). st 684
– Brandung. st 1374
– Ehen in Philippsburg. st 1209
– Ein fliehendes Pferd. st 600
– Jagd. st 1785
– Jenseits der Liebe. st 525
– Liebeserklärungen. st 1259
– Lügengeschichten. st 1736
– Das Schwanenhaus. st 800
– Seelenarbeit. st 901
– Die Verteidigung der Kindheit. st 2252
Walser, Robert: Der Gehülfe. st 1110
– Geschwister Tanner. st 1109
– Jakob von Gunten. st 1111
– Der Räuber. st 1112
Watts: Der Lauf des Wassers. st 878
– Vom Geist des Zen. st 1288
Weber-Kellermann: Die deutsche Familie. st 185
Weiß, Ernst: Der Augenzeuge. st 797
Weiss, Peter: Das Duell. st 41
Winkler: Friedhof der bitteren Orangen. st 2171
Zeemann: Einübung in Katastrophen. st 565
Zweig: Brasilien. st 984

265/6/11.93